Sommaire

1.

Laissez-vous guider par des professionnelles

“

Le rire est le premier pas vers la libération.

On commence par rire.

On rit, donc on se libère.

On se libère, donc on peut combattre.

”

– Maryse Condé –

Installez-vous confortablement. Détendez-vous. Vous êtes entre les mains expertes de deux professionnelles. Pour démarrer notre relation sur de bonnes bases et commencer en douceur, voici un petit échauffement du cerveau qui répond à quelques questions susceptibles de vous effleurer concernant ce bouquin.

Pourquoi faire le parallèle entre humour et amour ?

Faire l'humour, tout comme faire l'amour, c'est créer une connexion intime pour partager du plaisir. Comme l'amour, l'humour est une chose douce et rose, une chose qui rend tout chose. Enfin, si on la fait bien, la chose.

Ce livre est une invitation à faire l'humour, un plaidoyer pour la rigolade, une exhortation à se marrer tous ensemble. Pour faire ça, on vous prend comme vous êtes : actif (blagueur), passif (rieur), switch (blagueur/rieur), à voile, à vapeur, à moteur, sur secteur ou à piles. Ici, aucun prérequis, si ce n'est l'envie d'ajouter de la légèreté et du mieux-être dans votre vie et celle des autres.

On ne juge ni les goûts ni les pratiques. Jouissance et réjouissance pour tous. Rappelons tout de même qu'il n'est de jouissance ou de réjouissance possible que libre et consentie.

Nous sommes fondamentalement persuadées que plus nous serons nombreux à aimer se faire l'humour, plus nous nous aimerons tout court. Et mieux nous pourrons vivre ensemble.

> **L'humour est le plus court chemin d'un homme à un autre.**
>
> *Georges Wolinski*

Vous avez dit « professionnelles » ?

Peut-être vous demandez-vous ce que l'on entend au juste par ce terme qui, selon l'interprétation que l'on en fait, peut être un compliment ou (bizarrement) une insulte ?

Voilà une bonne question. Et voici notre réponse, tirée d'une scène dont l'une des auteures de ce livre a été témoin il y a quelques années. À un passant qui vient de la qualifier de « pute » (ce qui, pour lui, semble constituer une injure), une « professionnelle » exerçant rue Saint-Denis à Paris rétorque : « Merci chéri. C'est bon d'être reconnu pour ce que l'on est. » Notre métier à nous, Marie Guibourt et Sandra Colombo, c'est l'humour, la blagounette, la rigolade, la comédie, la vanne. Nous exerçons, à notre compte et de manière rémunérée, depuis une vingtaine d'années. À ce titre, nous sommes, nous aussi, des « professionnelles ». En d'autres termes, en matière de gaudriole, on a déroulé du câble.

Marie G. est auteure, metteuse en scène, scénariste et détentrice du titre de « reine de la vinaigrette » décerné par sa coauteure. Dès l'école primaire, elle se prend de passion pour Molière et met en scène ses camarades dans la cour de récréation. Ses parents ayant divorcé très tôt, elle comprend vite que, vu que l'existence n'est pas forcément rigolote tous les jours, il va falloir mettre des éclats de rire dans sa vie (et celle de sa mère qui l'élève seule). C'est donc dans cet esprit farceur qu'elle entreprend joyeusement des études de commerce (parce que ça mène à tout, la preuve) et commence sa « carrière » dans le « merveilleux » monde d'Internet et du marketing digital. Il lui faut quelques années pour bien comprendre que la World Company n'œuvre pas à l'épanouissement de ses salariés (ni de ses clients, ni de la planète). Elle largue tout et décide de repartir à zéro dans le spectacle vivant. Depuis 20 ans, elle accompagne des artistes de one man shows. Elle écrit pour des séries et des émissions d'humour. En parallèle, elle expérimente l'application des outils de la comédie et du stand-up aux problématiques des salariés ou des entreprises. Elle anime également des ateliers d'écriture autour de l'humour.

Sandra C. est comédienne, auteure, et crocheteuse compulsive (non pas de portières de voitures, mais de laine). Si elle pratique l'humour depuis l'enfance*, elle a mis du temps à s'autoriser à le faire de manière professionnelle. Ne pas savoir comment payer son loyer tous les mois l'angoissait beaucoup. Par voie de conséquence, elle a exercé ou envisagé un paquet de métiers différents : bonne sœur (projet contrecarré par une grosse crise de foi), militaire (pour faire comme son père), psychologue (mais après l'obtention d'un DESS de psychopathologie clinique option psychanalyse, elle s'est dit que c'était pas assez marrant comme métier), directrice de clientèle dans la pub (comme Marie G., mais pas aux mêmes endroits), vendeuse de chaussures (comme Muriel Robin), dealeuse de crédit pour une enseigne à bonhomme vert (endetter les gens pour payer ses études de psy... cohérence, quand tu nous tiens), guide au château de Saumur (l'une de ses premières occasions de faire rire un public). Un jour enfin, la bonne idée percute le cerveau de Sandra. Conquérir Laurent Ruquier et monter sur les planches. Ou l'inverse.

*Le rire est très vite devenu son arme de défense massive face à des hordes de gamins qui faisaient rien qu'à la dépasser. Car toute petite déjà, Sandra n'était pas grande.

Intimement persuadée que l'humour sauvera le monde, que grâce à lui on peut faire passer beaucoup de messages, et que sans lui on ne pourrait pas vivre en société, elle en a fait son métier. Depuis 15 ans maintenant (ça ne nous rajeunit pas), elle fait de la scène et des blagues. Elle fait aussi plein d'autres choses de comédienne, comme de la voix off, des interventions en entreprises, des films, écrire... mais ça serait trop long et y a plus de place.

Est-ce à dire que l'humour est une affaire de professionnel·le·s ?

À grande échelle oui. Dans la vie de tous les jours non. C'est un peu court, jeune homme, nous rétorquerez-vous ? Tout en vous rappelant que ce n'est pas la taille qui compte*, nous vous proposons une analogie culinaire pour développer notre pensée : ce n'est pas parce que vous faites une blanquette mémorable que vous êtes en mesure de devenir chef d'un restaurant étoilé. Et peu importe. Même si on adoooooore les étoilés, on n'a pas forcément envie d'y manger tous les jours (pour des raisons bêtement financières, mais aussi d'hypercholestérolémie). Ce qui laisse plein de place à une multitude de bonheurs simples et essentiels. Comme votre blanquette, par exemple. Nous, on l'aime votre blanquette, elle nous fait saliver, elle nous excite les papilles, elle nous réjouit l'existence, elle nous égaye la journée. Bref, elle est essentielle à notre bonheur.

Voilà pourquoi on a décidé de s'adresser à vous les « pas-étoilés-champions-de-la-blanquette ». Laissons aux grands chefs les soirs de gala et remettons l'humour à sa juste place dans nos échanges journaliers. L'humour n'est pas sacré (rien ne l'est, à part la mousse au chocolat de ma mère, confesse Marie G.), il n'est pas réservé à une « élite ».

*Blague décomplexante homologuée depuis 1982.

L'humour est l'affaire de chacun. Il est un regard sur le monde qui nous entoure, une invitation à faire un pas de côté, une opportunité d'exprimer sa façon de penser, « un défi aux certitudes[1] » , une soupape de sécurité et une hygiène de vie. Comme l'amour, moins on le fait, moins on a envie de le faire. Alors, faites-le un peu chaque jour et laissez aux professionnels le soin de régler les questions techniques : « Qu'est-ce que je peux dire ? » « Jusqu'où je peux aller ? »

Détendez-vous (vous n'êtes pas filmé) et osez faire l'humour.

L'humour est-il une affaire de pro ? On a posé la question à Nicole Ferroni

Non, jamais de la vie ! Je pense qu'à partir du moment où on arrête de se faire de l'humour à soi-même, on fait mal l'humour aux autres. Si cette pratique n'est que professionnelle, rentable, dirigée vers quelque chose, et qu'elle n'est plus destinée à la joie... Ça la rend capitaliste, moche.

Selon moi, on ne cultive pas assez l'humour au quotidien. Avant, on faisait des blagues le 1er avril. Maintenant, c'est fade. Par exemple, il n'y a plus les poissons d'avril au JT. Et c'est dommage, parce que ça permettait de rire tous ensemble.

Personnellement, je cultive cet « effort » (même si ça n'en est pas un), tous les jours. Par exemple, il y a quelque temps, je suis allée au concert d'Indochine toute seule. Et je me suis retrouvée à côté d'une dame que je ne connaissais pas. Pendant le concert, des écrans géants diffusaient en direct les réactions des fans.
À un moment, il y a eu une chanson romantique.
Sur l'écran, ils montraient un couple qui s'embrassait.
J'ai dit à la dame : « J'espère que c'est pas sa maîtresse au gars, parce que là, mucho grillé... »
Nicole ajoute, hilare (elle est au téléphone avec Sandra C.) :
Ça te fait peut-être pas rire, mais moi oui ! Ça nous a fait rire, avec la dame, que le gars se fasse afficher devant 65 000 personnes !

> **« L'inverse de l'humour, ce n'est pas le sérieux, c'est la soumission. »**
>
> *Guy Bedos*

Alors, attention, on vous voit venir (on est des professionnelles, ne l'oublions pas). Nous en convenons, la soumission, pour peu qu'elle corresponde à l'accomplissement d'un fantasme, ça peut être très agréable. Mais, vous l'avez bien compris, on parle du rire comme moyen de résistance, pour ne pas subir l'inacceptable. Un grand mot, mais qui se loge souvent dans de petits interstices. L'inacceptable est insidieux, fourbe et silencieux. Il peut être une réflexion ou une loi, un geste ou une injustice, individuel ou collectif. À la longue, ces petits inacceptables se cumulent et finissent par faire déborder le vase. La colère peut être une issue. L'humour, pour sa part, offre une alternative qui consiste à ne pas attendre que le vase déborde. Il devient alors un réflexe d'autodéfense, une marque de respect de soi ou des autres, une invitation à relativiser, une possibilité de dédramatiser...

> **« Le rire ou la colère, c'est pareil. La seule différence réside dans le traitement du sujet. »**
>
> *Jean Yanne*

Si l'humour est une affaire sérieuse, faut-il pour autant se prendre au sérieux ?

En amour, comme en humour, quand on est coincé du c*l, c'est moins bien. Il nous semble que, souvent, puritanisme et censure vont de pair. Si on suit notre théorie, il y a donc fort à parier qu'en se décoinçant du fondement, ça se passe mieux pour tout le monde et que chacun prenne davantage de plaisir. Qu'on se le dise, l'humour est un excellent lubrifiant social. Rebondissons sur ce postulat pour faire le lien avec ce que nous énoncions plus haut quant à l'importance d'une pratique journalière. Selon nous, une fois encore (oh ouiiiii ! encooooore), il en va de même en humour qu'en amour. Moins on pratique, plus tout nous paraît ultra choquant : un baiser, un téton, deux amoureux qui se tiennent la main... une blague, un jeu de mots, une caricature...

Ne nous méprenons pas. Ce n'est pas parce qu'on n'aime pas toutes les formes d'humour ni toutes les blagues, qu'on est coincé. À chacun ses pratiques préférées, levrette, calembours (moi le cul. Alors, si, comme Sandra C., vous non plus vous ne l'avez pas captée, cette blague est à comprendre en lisant le mot qui précède la parenthèse et en l'enchaînant avec le contenu de ladite parenthèse. C'est difficile d'être incomprise, surtout pour des blagues de cette qualité. Mais poursuivons si vous voulez bien), fellation, autodérision (poil au... fion. Oui, Sandra, voilà, c'est ça, tu commences à comprendre), fessée, *nonsense*, cunnilingus, jeux de mots... adeptes de l'humour à tous crins et de tout poil, on vous aime comme vous êtes (épilé·e ou non). Mais, si vous n'aimez pas le faire, par pitié, n'en dégoûtez pas les autres. Faire l'humour est un mode de survie dans un monde de plus en plus agressif et absurde. Loin de nous l'idée de vous soumettre à des injonctions, de vous obliger à faire des blagues ou de recourir à des promesses douteuses comme : « Femme qui rit à moitié dans ton lit. »* Mais disons que ce qui serait vraiment chouette, c'est que, quand vous refermerez ce bouquin, vous ayez une folle envie d'aller faire des blagues, ou l'amour, ou les deux (si c'est en même temps, contactez-nous via notre compte Instagram @lepointgolri pour nous raconter comment vous avez réussi à faire ça !).

*Nous reviendrons dans le chapitre 6 sur cet adage qui, en assimilant l'humour à un attribut viril, nous laisse bouche bée... merci de ne pas en profiter pour nous faire gober n'importe quoi.

Est-ce que vous allez nous apprendre à faire des blagues ?

Non. On a lu pas mal de bouquins qui apprennent à développer le sens de l'humour... ils sont très ennuyeux (au mieux) ou très inutiles (au pire), et surtout, pas drôles du tout. Comme l'a fait remarquer Sandra C. (l'une des deux coauteures de ce livre, au cas où l'info vous ait échappé) en refermant l'un de ces ouvrages théoriques : « Y a le Kamasutra et y a faire l'amour. »

Selon nous, l'humour n'est pas affaire de compétence, mais d'état d'esprit. Le sens de l'humour n'est pas un don, c'est une aptitude plus ou moins développée mais présente en chaque être humain. Une capacité qui se cultive, se travaille, s'entretient... on lui accorde le temps et l'attention qu'on souhaite. C'est à la portée de chacun. C'est une décision à prendre : celle de mettre davantage de joie dans votre vie. Et, au cas où vous en doutiez, on va tout faire pour vous convaincre que c'est la meilleure décision que vous prendrez de toute votre existence (rien que ça, oui !). Nous ne cherchons pas à faire de vous des bêtes d'humour (quoique) mais à partager avec vous notre plaisir à le pratiquer au quotidien.

Ce que nous proposons, c'est de vous escorter, vous divertir, vous surprendre, vous échauffer, vous faire découvrir des pratiques, vous initier, vous débrider, vous introduire à cet usage. Pour reprendre à notre compte la pensée d'un grand philosophe du XXe siècle, nous sommes là pour vous donner « l'envie, l'envie d'avoir envie » de rire et de faire rire au quotidien. Le monde étant ce qu'il est, nous avons furieusement envie de vous donner envie de faire l'humour - 5 fois le mot « envie » en 3 lignes, c'est vous dire à quel point on a envie (et bim, 7 fois). Pour arriver à nos fins, nous nous apprêtons à titiller vos zygomatiques et à exciter vos neurones en vous livrant, de façon légère et émoustillante, nos réflexions sur la place et le rôle de l'humour dans nos vies, des suggestions et conseils pratiques pour prendre le parti de (sou)rire le plus souvent possible.

L'envie... selon Claudia Tagbo

Commence par te dire que tu as envie.
Tu te réveilles et ça déjà, en soi, c'est une blague.
Tu as été choisi pour être en vie. Et la vie, en tant que telle, est une blague. Elle est farceuse, elle te montre que tu ne maîtrises pas tout. Et tout ce qui t'échappe est drôle.

Et maintenant, faisons l'humour à trois !

Trois, c'est vous et nous. Nous, c'est ce livre, écrit à quatre mains, deux cerveaux, deux cœurs et huit yeux (femmes à lunettes...). Vous, c'est une paire d'yeux attentifs, un cerveau en ébullition, l'envie d'apprendre des choses, de faire davantage l'humour et de rigoler tout seul en lisant*.

* En tout cas, c'est comme ça qu'on vous imagine.

Bienvenue dans
Faites l'humour
dès le premier soir.

2.

Osez !

“Il n’y a que deux choses qui délassent vraiment.

Rire, ou faire l’amour.”

— Fred Vargas —

Vous connaissez maintenant nos (bonnes) intentions auxquelles, visiblement, vous adhérez puisque vous avez tourné la page. Rentrons donc, si vous le voulez bien, dans le vif du sujet.

En humour comme en amour, tout est question de doigté et de savoir-faire. Pour devenir un bon coup (d'humour), qu'on soit actif (blagueur/émetteur) ou passif (rieur/récepteur), il faut observer, écouter, sentir, tâter (le terrain) et OSER.

Pour oser, encore faut-il se sentir à l'aise, ne pas avoir peur de commettre d'impair, ni de se prendre une veste. Il faut bien l'avouer, parce qu'il est puissant, l'humour est intimidant. S'il peut être une formidable arme de séduction massive, il peut tout autant être une arme de destruction massive. Tout est question d'intention et de maniement.

Heureusement pour vous, vous avez la chance d'être escorté par des professionnelles qui se proposent de vous accompagner, pas à pas. On vous dévoile quelques règles simples pour que vous osiez le faire avec le plus de monde possible, le plus longtemps possible et pour un maximum de plaisir partagé.

> **« Le rire, c'est comme le désir : on ne peut pas faire semblant de bander. »**
>
> *Guy Bedos*

Petit Kamasutra de l'humour

Leçon n°1 : Soignez les préliminaires

C'est la phase d'échauffement mutuel. Ce sont les étapes préalables nécessaires à la prise de **plaisir.** Qu'on soit face à un nouveau partenaire dont on ignore tout ou à un complice qu'on connaît sur le bout des doigts, qu'importe, les préliminaires sont essentiels.

♥ Tout d'abord, assurez-vous que **l'envie** de le faire soit au rendez-vous. Oui, ça a l'air bête mais faire l'humour, ça se décide.

♥ Si ce n'est pas (encore) le cas, commencez par instaurer une ambiance détendue basée sur un sentiment de **confiance** et de sécurité, pour vous et pour votre partenaire. L'humour ne peut naître dans la tension. Il requiert de l'attention à l'autre et à la situation.

♥ Vérifiez que votre partenaire est **disponible**, disposé·e et réceptif·ve. Pour « prendre la température », pratiquez une légère touche d'humour. Au choix : un bon mot, une anecdote, un calembour, ou tentez une première approche sur vous-même, un petit coup d'autodérision.

♥ Prenez le temps de **faire connaissance.** « Les calembours non merci », « l'humour absurde, j'en raffole ! » Très bien. Détectez vos goûts communs. Délimitez ainsi votre terrain de jeu.

♥ L'humour, ce sont deux cerveaux qui se font l'amour. Il y a des choses qu'on aime, d'autres moins. Disons que c'est mieux quand on aime les mêmes trucs. Si ce n'est pas le cas, ce n'est pas grave. **Adaptez-vous** ou passez votre chemin.

♥ **Soyez léger**, ne vous mettez pas inutilement la pression. Visez le sourire plutôt que de chercher à faire rire à tout prix. Faites la différence entre « être amusant » et « avoir le sens de l'humour ». Il n'est pas indispensable de savoir faire des blagues pour avoir le sens de l'humour.

♥ Gardez en tête que le rieur est au moins aussi **sexy** que le blagueur. Rire est séduisant. C'est la preuve éclatante que vous êtes ouvert·e, épicurien·ne, détendu·e, attentif·ve. Actif et passif s'écoutent, se répondent, sont tout entiers l'un à l'autre. L'échange de leurs joyeuses énergies rend le moment unique et agréable.

♥ Observez les réactions de votre partenaire, prenez du recul, regardez son **attitude** corporelle. Est-il ou est-elle recroquevillé·e, jambes et bras croisés ?

♥ Vous-même ? Comment vous sentez-vous ? De quelle **humeur** êtes-vous ? Ne vous forcez pas.

♥ En résumé, ne faites pas l'humour à froid : annoncez clairement vos intentions, pour cela utilisez le langage aussi bien paraverbal* que verbal. **Annoncez la couleur** : « Attention, je vais te faire l'humour, si tu es d'accord, cligne des yeux trois fois. »

♥ Ne forcez pas. Jamais. La phase des préliminaires est celle qui assure la **lubrification** mutuelle obligatoire des cerveaux et des zygomatiques avant de passer à l'étape suivante.

*Vos attitudes, votre gestuelle.

Petit Kamasutra de l'humour

Leçon n°2 : Faites preuve de doigté

♥ Mettez-vous à la place de l'autre, acceptez ses limites. Gardez en tête que vous devez jauger et composer avec la **sensibilité** de votre partenaire. La sensibilité, c'est intime et personnel. C'est un ressenti. Ça ne se discute ni ne se négocie pas. Ça se respecte. POINT.

♥ Chacun d'entre nous a ses propres gênes ou inhibitions. La **pudeur**, c'est intime et personnel. C'est un ressenti. Ça ne se discute ni ne se négocie. Ça se respecte. POINT.

Ici, il est question de respecter la sensibilité des gens que vous fréquentez au quotidien : vos collègues de travail, votre famille, etc. La différence est la suivante : vous pouvez éteindre votre radio, votre poste de TV, ne pas acheter un journal. Bref, vous lever et vous casser. Vous êtes libre, vous avez le choix. Vous n'adhérez pas ? N'achetez pas, n'écoutez pas. En revanche, vous ne pouvez éteindre ni votre collègue raciste, ni votre grand-oncle misogyne, ni votre neveu qui rit à des blagues faisant l'apologie du viol. Dans un cas vous avez le choix, dans l'autre vous subissez.

♥ Assurez-vous du **consentement** de votre partenaire. Pour cela, il y a une technique très simple et imparable : une blague drôle, c'est une blague qui fait rire LES AUTRES. Si l'autre rit, vous avez trouvé son point G (comme Golri). Bravo !

♥ L'humour, c'est aussi **délicat** et complexe à appréhender qu'un clitoris ou qu'un gland. C'est une zone sensible. Il est contre-productif de s'acharner ou s'exciter dessus. Allez-y avec douceur, parcimonie et doigté, sinon l'insupportable irritation guette.

Leçon n°3 : Tout est affaire de plaisir

♥ Tirez votre plaisir de celui que vous **prodiguez** aux autres. L'humour est avant tout une pratique sociale, même si, comme nous le verrons plus loin, il peut tout à fait se faire seul.

♥ Rieur, rieuse, COMMUNIQUEZ ! N'hésitez pas à encourager votre partenaire quand il/elle a trouvé votre **zone rirogène**. Qui fait des blagues s'expose. Donnez à une personne blagueuse des indices, guidez-la pour lui indiquer ce que vous appréciez plus particulièrement. **Ne simulez pas**, par pitié ! Vous en seriez la première victime en ayant encouragé des saillies qui ne vous procurent aucun plaisir.

Leçon n°4 : C'est pas la taille qui compte

♥ En humour, souvent, plus c'est **court**, plus c'est **bon**. Sachez vous arrêter, sous peine d'irriter les zones rirogènes (ce qui condamnerait toute approche humoristique à venir).

♥ *Enlarge your sense of humour.* Pas besoin d'en avoir **une grosse** (blague). Faites preuve de délicatesse. Disséminez vos bons mots et saupoudrez le quotidien de votre joyeuse humeur, plutôt que de chercher à balancer LA vanne qui tue une fois par an.

Inutile d'en avoir **une grosse** (audience). Mieux vaut faire rire mille fois une personne (qu'on aime) que mille personnes une fois (sauf à pratiquer de façon professionnelle, mais ce n'est pas le propos de ce bouquin, vous l'avez compris).

Leçon n°5 : Attention aux MST*

♥ Pour prendre du plaisir sans disséminer **chancres** et autres affections, adoptez les bons réflexes. Faites l'humour AVEC les autres, pas CONTRE les autres.

♥ Préservez-vous de toute **méchanceté** à l'égard d'autrui. Pratiquer l'humour pour assurer sa domination n'est pas l'attitude la plus sexy que vous puissiez adopter. Elle démontre que vous pouvez être bas et vil. Pour vous préserver de tout dérapage, ne faites pas l'humour par-derrière.

♥ Luttez contre la **stigmatisation**. Rire des clichés pour mieux les dénoncer, oui ! Rire des différences pour s'en moquer, non.

♥ Faites barrage à la **tyrannie**. Vous êtes tout aussi coupable de contaminer les autres avec des MST si vous faites une blague douteuse que si vous riez à cette même blague. Rire c'est adhérer. Riez responsable.

♥ Comment faire quand ça pique, ça gratte... ? Dites-le, tout simplement. Signalez votre **inconfort**. Inutile de vous justifier, signifiez que vous n'êtes pas à l'aise avec la blague ou le rire qui vient d'être émis.

*Méchanceté, Stigmatisation, Tyrannie.

Leçon n°6 : L'art délicat du triolisme

♥ Quand on fait l'humour, on est trois : l'émetteur, le récepteur et le sujet/objet. Pour que le plaisir de tous soit au rendez-vous, assurez-vous de **respecter** les trois.

♥ Le respect, c'est le lubrifiant. Celui qui vous assure que tout glisse, que tout est **fluide**, que tout s'emboîte parfaitement.

Leçon n°7 : Matez sans complexe

♥ Entraînez-vous ! Regarder les autres faire l'humour peut être très inspirant. Attention ! Il s'agit **d'observer** et non de copier.

♥ Observez ce qui VOUS fait rire et identifiez ainsi VOTRE sens de l'humour qui reflète VOTRE personnalité.

3.

Et vous, qu'est-ce qui vous allume ?

Test de dépistage

(à pratiquer avant tout rapport humoristique)

Comprendre ce qui nous fait rire, savoir reconnaître le type d'humour auquel on est sensible, éclaire sur la manière dont on pratique soi-même l'humour. Vachard, scabreux, absurde… et vous, c'est quoi votre truc ?

Parmi ces répliques cultes du cinéma français, sélectionnez les trois qui vous font le plus rire :

🌵 « Je fais une fête chez moi ce soir. Ça te dirait de… de pas venir ? »
Brice de Nice

🍒 « Vous voulez un whisky ?
– Juste un doigt.
– Vous voulez pas un whisky d'abord ? »
La Cité de la peur

❤ « Le tabac c'est tabou, on en viendra tous à bout ! »
Le Pari

✊ « Les pauvres, c'est fait pour être très pauvres et les riches, très riches ! »
La Folie des grandeurs

🍒 « Qu'est-ce que tu espérais ? Une petite vie sans maîtresse ? Tu vaux mieux que ça, ma chérie. »
Podium

❤ « Alors, on attend pas Patrick ? »
Camping

💡 « Il s'appelle Juste Leblanc.
– Ah bon, il n'a pas de prénom ?
– Je viens de vous le dire, Juste Leblanc… Votre prénom, c'est François, c'est juste ? Eh bien lui, c'est pareil, c'est Juste. »
Le Dîner de cons

🌵 « Toi et moi, on peut pas tout miser sur notre physique. Surtout toi. »
Les Bronzés

🐻 « C'est pas mon jour. C'est jamais mon jour. »
La Chèvre

✊ « Vous êtes juif ? Comment, Salomon, vous êtes juif ? Écoutez, ça ne fait rien, je vous garde quand même ! »
Les Aventures de Rabbi Jacob

🐻 « Quand la merde tombe du ciel, le malchanceux n'a pas de chapeau. »
Tanguy

💡 « On est là, comme deux cons, à attendre qu'un insomniaque aille se coucher… Y a pas comme un défaut dans l'énoncé ? »
Taxi

Quiz

Parmi ces punchlines du hip-hop français, quelles sont les trois qui vous font le plus golri* ?

« Si on peignait les cons en vert, les commissariats seraient des prairies. » *Fabe*

« Dis pas à un zoophile que t'as un chat dans la gorge. » *Seth Gueko*

« Ma gueule de bois ferait passer Pinocchio pour un vrai p'tit garçon. » *Orelsan*

« Vrr vrr ratatata. » *PNL*

« L'important c'est pas la chute, c'est l'atterrissage. » *La Haine***

« J'écris des textes tirés par les cheveux, comme ta meuf en levrette. » *Orelsan*

« Moi j'pue l'immigration comme une vieille cassette de raï. » *Rim'K*

« À s'tourner autour, on finit par tourner en rond. » *Shay*

« Faut-il que je t'enfonce un thermomètre dans le cul pour que tu distingues le second degré ? » *Despo Rutti*

« J'suis tellement dos au mur que ma colonne vertébrale est en ciment. » *Youssoupha*

« Dites au marchand de sable d'aller chercher du taf à la plage. » *Volts Face*

« C'est une fois que le chat est repu qu'il trouve que le cul d'la souris pue. » *Seth Gueko*

*Verlan de rigoler. C'est pas gagné pour le peura (Verlan de rap. On explique pour les plus ieuv'.)

** C'est un film, on sait, mais quand même très ancré dans la culture urbaine. Vous cherchez la petite bête, là hein.

Test de dépistage

(à pratiquer avant tout rapport humoristique)

Parmi ces vannes d'humoristes français, quelles sont les trois qui vous font le plus marrer ?

♥ « Lorsqu'un chêne sent le sapin, il sent que sa dernière heure est arrivée. » *Raymond Devos*

« Même quand j'ai rien à faire, j'arrive à le repousser à demain. » *Roman Frayssinet*

« La mère de Bambi se fait buter par un chasseur, là, t'as son pote le lapin qui arrive et qui est censé le consoler, et il s'appelle comment ? Panpan ! Les scénaristes, vous vous foutez de notre gueule ?! »
Baptiste Lecaplain

« Si les racistes étaient des gens fiables et cohérents ils voteraient blanc. » *Michaël Hirsch*

« On peut faire des blagues pédophiles, ça va ! Il n'y a pas d'enfants dans la salle, je le sais, sinon mon bracelet électronique, il aurait vibré ! » *Aymeric Lompret*

« La vie d'un vieux, c'est comme une boîte de thon : quand tu l'ouvres, ça pue ! » *Doully*

« Alors moi, aujourd'hui, je me souhaite d'avoir plusieurs maris, un paquet de bébés, la liberté, le jeu, le rire, l'amour et une jolie carrière. Une vie d'homme en somme ! » *Florence Foresti*

« Il ne se passe plus rien dans ma vie. Ah si, je mets des colliers [...]. Quitte à pas me faire baiser, autant ressembler à une femme de lettres. » *Blanche Gardin*

« Ma femme est très portée sur le sexe. Malheureusement, ce n'est pas sur le mien. » *Pierre Desproges*

« Moi, je ne crois pas du tout en l'influence des dates de naissance sur la personnalité des gens. Je ne crois pas du tout en l'astrologie, typiquement. C'est mon côté... Bélier. » *Charles Nouveau*

« YouTube, c'est un concept basé sur l'échange. C'est un endroit où tu donnes des vidéos aux gens gratuitement, et en échange, ils t'insultent ! » *Urbain*

♥ « La vie c'est comme un puzzle : ça finit, soit par prendre sens une fois que toutes les pièces sont en place, soit dans une maison de retraite. » *Marina Rollman*

Quiz

Et enfin, si vous étiez un Cyrano des temps modernes, quelle réplique dégaineriez-vous le plus volontiers si votre boulangère se trompait (en votre faveur) en vous rendant la monnaie ?

🌵 « Votre pain est-il si mauvais qu'il faille que vous me rémunériez pour que je l'achetasse ? »

🐻 « Moi aussi, je suis si nul·le en calcul que quand j'étais enfant ma mère avait numéroté mes doigts. »

🍒 « Il en va de la monnaie comme de vos miches, vous êtes fort généreuse, ma chère. »

« On ne va pas en faire une tartine... mais, si votre pain vaut 2 euros, permettez-moi de vous en rendre un morceau. »

✊ « Wahou ! Quelle réactivité ! C'est gentil de répercuter si prestement la soudaine baisse du cours du blé. »

❤ « Vous m'avez rendu 20 centimes de trop, je vous les échange contre un bon mot. Savez-vous ce qu'il advint du pingouin qui respirait par le séant et qui, par mégarde, s'assit sur la banquise ? »*

*Il décéda, malencontreusement.

On doit vous prévenir, cette blague étant la préférée de Sandra C., vous n'êtes pas à l'abri de la retrouver un certain nombre de fois dans cet ouvrage. Prenez ça comme une opportunité de tester votre goût pour le comique de répétition.

Résultats

Vous avez sélectionné une majorité de “ ”

Aïe ! Vous aimez l’humour quand ça fait mal…

Pour vous, l’humour est avant tout une arme de destruction massive, vous prenez plaisir à bousculer, rabaisser, discréditer, dévaloriser. Point d’humour sans cible ou, pire, sans victime. Petit déjà, dans la cour de l’école, vous égreniez des blagues à base de « ta mère » à tout bout de champ. « Ta mère, elle est tellement sale, que même ses morpions ont des poux. »

Bref, pour vous l’humour répond avant tout à une pulsion agressive… reste à vous assurer que votre victime est consentante… et, pour peu qu’elle ait un féroce sens de la repartie, que vous soyez vous-même doté d’une tendance toute complémentaire à l’humour défensif (voir ci-dessous).

Vous avez sélectionné une majorité de “ ”

Vous aimez l’humour qui prend du recul…

Pour vous, l’humour est avant tout défensif. Il sert à faire contre mauvaise fortune bon cœur. Rire vous permet de lutter contre ce qui vous fait peur ou vous angoisse. Pierre Desproges est votre maître à penser. Vous avez recours à l’humour pour panser l’ordinaire et ne pas y égarer votre santé mentale.

L'un de vos ressorts comiques préférés est certainement l'autodérision pour transformer le négatif en positif, faire de vos faiblesses des forces. Attention, cependant, à ne pas vous complaire dans une forme d'auto-dévalorisation systématique qui, à la longue, n'est pas très bonne pour le moral non plus.

Vous avez sélectionné une majorité de “ ”

Vous aimez l'humour qui se conjugue à la lettre Q...

Vous regrettez certainement que les humains ne soient pas comme des bonobos qui règlent leurs conflits en faisant l'amour tout le temps, partout et avec tout le monde. Alors, vous transformez cette frustration en humour. Et vous compensez en le faisant à tout bout de champ... mais uniquement s'il rime avec génital et s'il vous permet d'assouvir, symboliquement, vos pulsions sexuelles (voyeuristes ou sadiques ou les deux).

À vous les blagues à double sens et les vannes interdites aux oreilles chastes. L'humour et l'amour jouent sur les mêmes ressorts et vous en êtes la preuve. Attention à la sortie de route, voire à la lourdeur, qui vous attend avec ses gros sabots à l'orée du bois...

Résultats

Vous avez sélectionné une majorité de “ ”

Vous aimez l’humour qui vous titille… les hémisphères.

Les jeux de mots laids, les gags absurdes, les blagues sans logique sont vos préférés. Vous aimez que l’humour vous caresse le cerveau, vous câline l’intelligence, vous émoustille avec ses effets de langue. Vous êtes un·e inconditionnel·le de l’humour cérébral qui transgresse les règles de la logique et qui pointe l’absurdité du monde.

Chaque fois que vous entendez « la mer est démontée » vous avez envie de répondre, comme Raymond Devos : « Mais à quelle heure la remontez-vous ? » Les 26 lettres de l’alphabet sont votre terrain de jeu. Pour vous les combinaisons sont infinies, vous n’avez pas de limites. Au risque de laisser votre entourage… Trop de calembours tue l’humour.

Vous avez sélectionné une majorité de “ ”

Vous aimez l’humour qui bouscule.

Face à toutes les injustices et les inégalités de ce monde, vous ne voyez guère que deux solutions :

- Descendre dans la rue avec des pancartes et manifester bruyamment votre colère.
- Ou faire de l’humour pour dénoncer tout ça.

Après avoir constaté que visiblement la première ne mène à rien, vous avez définitivement opté pour la deuxième. Vous préférez pleurer de rire que pleurer à cause des bombes lacrymos aimablement balancées par les CRS (SS, bien sûr). Attention toutefois à ne pas virer à l'aigre lorsque vous constaterez que, malgré toutes vos blagues, le monde ne bouge toujours pas.

Vous avez sélectionné une majorité de « ❤ »

Vous aimez l'humour qui lubrifie.

Pour vous, l'humour répond avant tout à un besoin de maintien de l'équilibre et de la cohésion sociale. Rire, c'est rire ensemble dans un grand mouvement fédérateur. Rire, c'est décharger un trop-plein de tensions d'une façon socialement acceptable. Ainsi, vous jouez volontiers la carte de l'humour pour détendre l'atmosphère quand une situation familiale ou professionnelle devient critique. Attention cependant au rire systématiquement consensuel qui peut flirter avec le cucul la praline.

4.

Rabats-jouir, tue-l'humour et autres peine-à-rire

“

Rire de tout ce qui se fait
ou se dit est sot,
ne rire de rien est imbécile.

”

— Érasme —

S'il est important de savoir pourquoi on rit, il est tout aussi instructif de savoir pourquoi certaines personnes ne rient pas ou pourquoi d'autres tuent dans l'œuf toute velléité de rigolade. Peine-à-rire, coincés des zygomatiques, ou au contraire, adeptes des gros sabots qui font des blagues comme d'autres font du moto-cross (mettant de la boue partout et détruisant faune et flore sur leur passage), partons à la découverte de ceux que nous avons baptisés : les tue-l'humour.

Nous les avons regroupés en cinq catégories et nous sommes amusées à en dresser les portraits-robots.

On vous l'avoue, on a pris plaisir à les caricaturer car quoi de plus jouissif que de brocarder ceux qui nous exaspèrent ? Et comme une des vertus de la caricature consiste à faire ressortir les traits saillants d'une personnalité, on s'est dit que ça vous aiderait à mieux les identifier. Pouvoir reconnaître les rabats-jouir, repérer l'ennemi, c'est la première étape pour s'en prémunir et s'en protéger. Et vu qu'on est vraiment très sympas (et très professionnelles), on vous dévoile, en bonus, quelques cartes maîtresses pour les contrer.

Alors, heureux ?

Team lourdeur

CATÉGORIE : ACTIFS COMPULSIFS

"Bon, j'préfère te prévenir.
Y aura Jean-Pierre."

Le chef de cette équipe de « joyeux lurons », c'est Jean-Pierre. Il est à la plaisanterie ce que le slip kangourou en fin de vie est à la séduction. Jean-Pierre, c'est la main au cul de l'humour, l'exhibitionniste du calembour, le frotteur du jeu de mots. Brutal, déplacé et gênant.

Jean-Pierre est malheureusement l'un de vos collègues ou l'un des membres de votre famille. L'archétype de Jean-Pierre est assez facile à identifier. Il est partout en terrain conquis et ne demande le consentement de personne. Il saute à pieds joints dans le grand bain de la lourdeur et éclabousse tout le monde.

Au bureau, c'est cette créature délicate qui, après avoir souhaité un « Noyeux Joël » tout décembre, enchaîne les « Bananier, pommes sautées » entre le 1er et le 31 janvier, pour présenter ses vœux de « Bonne année, bonne santé » à toutes les personnes qui auront la malchance de croiser sa route. Il est fort probable qu'à la troisième salve, vous aurez envie, au mieux de lui scotcher la bouche, au pire qu'il se consume spontanément avec son calembour de merde.

Dans votre cercle familial, là aussi, le spécimen du type Jean-Pierre est très facile à reconnaître. C'est celui à côté duquel personne ne veut être assis aux repas d'anniversaire. Quand vous étiez plus jeune, votre mère vous menaçait de vous placer à sa droite à la table du réveillon si vous n'étiez pas sage. Car oui, Jean-Pierre est une punition.

Son degré de lourdeur est proportionnel à son taux d'alcool. Et malheureusement, l'humour gras de Jean-Pierre n'est pas soluble dans l'alcool. Et c'est bien dommage, parce qu'il a une sacrée descente. À noter toutefois : même sobre, Jean-Pierre est lourd.

Toute invitation à la nuance ou à la tempérance est l'ennemie de la team Jean-Pierre. Si, de guerre lasse, noyé·e sous une déferlante d'histoires drôles, jeux de mots, calembours, allusions sexistes (au mieux), dans un dernier réflexe de survie pour tenter de ne pas succomber à une overdose, vous lâchez, dans un ultime souffle : « Roh, mais ce que t'es lourd Jean-Pierre », il vous sortira alors son gros argument massue : « Pffff, t'as pas d'humour » (variante : « Pfff, t'es vraiment pas drôle »). Sentence qui fait rentrer de force le non-rieur agonisant dans la catégorie des mauvais coucheurs, voire des peine-à-jouir... et, comble de disgrâce, à devoir s'en défendre. C'est la violence ultime. Vous voilà disqualifié·e pour ne pas avoir ri à une blague pas drôle. Car il faut savoir que les Jean-Pierre sont très contents de leurs blagues dont ils rient eux-mêmes à gorge déployée. Ils sont sincèrement étonnés que leur public n'ait rien compris.

Parce que, soyons claires, ce n'est pas de leur faute si l'assistance (médusée) n'a pas capté... c'est juste que l'audience n'est pas à la hauteur de leur talent.

Pour poursuivre notre analogie avec l'amour, c'est le/la partenaire qui se regarde faire, trouvant un plaisir solitaire dans la contemplation de ses attributs sexuels en action, sans jamais se demander si, accessoirement, il procure du plaisir à l'autre. **C'est désagréable, humiliant, insatisfaisant.** Au mieux, ça donne très envie d'aller, en urgence, faire l'humour ailleurs pour vérifier que tout fonctionne de notre côté. Au pire, ça vous dissuade à tout jamais de recommencer.

Vous l'avez compris, nous ne portons pas la team lourdeur dans notre cœur. Et ce, à deux titres. D'une part, parce que nous sommes des femmes, et qu'elles sont souvent le sujet ou la cible favorite de cette pratique brutale de l'humour. D'autre part, parce que nous sommes des artisanes de l'humour. Dans le cadre de notre pratique, on cherche, on trie, on polit, on affine, on teste, on doute. Alors, voir des gougnafiers porter préjudice à ce que nous nous efforçons, à notre humble mesure, de maintenir, si ce n'est au rang d'art, au moins à celui de noble artisanat, ça nous fait mal aux seins, ça nous rend tristes et nous met en colère. Voilà.

Sa phrase fétiche

« De toute façon, on peut plus rien dire. »

Variante : « C'était mieux avant, du temps des Coluche et des Desproges » qui doivent se retourner dans leur tombe. Tant d'années d'irrévérence pour être injustement récupérés par un Jean-Pierre, c'est moche.

50 nuances de lourdeur

D'après nos fines et impartiales observations menées sur un échantillon presque représentatif de nos contemporains, **Jean-Pierre est majoritairement un homme, blanc, cisgenre, de plus de 50 ans** (si tu n'as pas compris tous les termes de cette phrase, peut-être es-tu concerné). Les boutons de sa chemise envoient des SOS de détresse tant ils sont sur le point de céder sous la pression d'un ventre replet. Chemise qui elle-même a lâché la rampe, humiliée par les taches de gras que JP lui inflige à chaque fois qu'il mange ou par les auréoles jaunâtres qui indiquent où se trouvent ses aisselles (oui, on exagère, et alors ?). À la lecture de ce portrait tout en nuances, **on pourrait se**

réjouir à la perspective d'une extinction prochaine des Jean-Pierre (âge, embonpoint, taux de gamma GT élevé). C'est sans compter sur la relève, car il existe des modèles plus récents de Jean-Pierre. Jeans slim, chemise ajustée, baskets Veja ou Stan Smith, le Jean-Pierre 2.0 a un poste de « pouvoir » dans une agence de pub, il bosse dans la « Tech » ou bien il évolue en cuisine avec son nom brodé sur son vêtement de travail. Il manie l'humour comme Weinstein* son chibre, sans consentement, avec violence et dans l'objectif de démontrer sa force... ou plus basiquement, juste pour se faire plaisir. Pour contrer ces relous sexistes, on vous renvoie à l'excellent compte Insta @reponse.a.tout qui mouche avec beaucoup d'humour les machos de tout poil. Très inspirant.

Jean-Pierre peut aussi être une femme. Les Jean-Pierre au féminin sont moins répandues, mais elles existent. À la question « mais comment se fait-il que, là encore, les hommes soient en majorité ? », notre réponse est simple. Les femmes, pour être éligibles à l'obtention du label « féminité », doivent être de douces créatures, gentilles, fragiles et bien élevées. Ce qui est assez peu compatible avec les blagues du genre : « Tire sur mon doigt » suivi d'un lâchage de caisse en règle dans l'open space. Pratique malheureusement courante chez les Jean-Pierre (ainsi que les blagues de blondes, bien sûr).

*On vous laisse remplacer Weinstein par le dernier nom en date. Malheureusement, vous avez l'embarras du choix (non, pas de contrepèterie Jean-Pierre).

C'est grave docteur ?

Il faut qu'on vous l'avoue, il nous arrive, à nous aussi, d'avoir des penchants « team lourdeur ».

Sandra C. aime lancer à la cantonade : « Santé, mais pas des pieds », ou répondre à un « Je vais lancer une machine » un très à propos : « D'accord, mais pas trop fort ».

Quant à Marie G., elle ne se lasse pas de répondre « Dans ton cul » à toute question commençant par « Où est... ? » ou d'annoncer fièrement, à l'occasion d'une pause, qu'elle va se faire « un petit café dans sa culotte* ».

Il s'agit de signaux qui montrent que tomber dans la lourdeur du calembour balourd ou dans la vulgarité inutile (qu'est-ce que la vulgarité utile ? Vous avez 2 heures) peut arriver aux meilleures. Cependant, ne nions pas que la répétition systématique de ces blagues nous vaut une parenté, même éloignée, avec les Jean-Pierre. En avoir conscience, c'est mettre un petit marqueur pour vérifier, de temps en temps, que si notre entourage rit encore à ces jeux de mots de qualité douteuse, ce n'est pas que nerveux.

*NDA : à noter qu'il s'agit d'une blague familiale pour laquelle elle verse des droits à Éric G., son frère, qui en reverse lui-même la moitié à leur père, Pierre G. Oui, l'humour à la Jean-Pierre peut se transmettre de père en fille.

FACE À LA TEAM LOURDEUR

Comment redresser la barre, garder le cap, et préserver l'envie d'avoir envie ?

1. **Pratiquer le yoga** et la méditation pour ployer tel le bambou.

2. **Tenter de responsabiliser** : faire remarquer sans animosité que ce n'est ni le lieu (on est au bureau), ni le bon moment (on enterre Simone), ni le bon public (Kevin vient d'avoir 5 ans), ni les bons propos (on vous épargne tout exemple de blague raciste, sexiste ou scabreuse... vous avez compris le principe).

3. **Tenter la sur-blague**... avec toutefois le risque de l'escalade. Le principe est simple : prendre le niveau de lourdeur le plus élevé de la blague grasse et en rajouter *a minima* 50 %. Bon, on vous l'accorde, faut être joueur... ou suicidaire. Attention toutefois à l'effet boomerang autrement appelé « l'arroseur arrosé », car vous courrez le risque de devenir le ou la BFF* de JP.

4. **Se transformer en exégète** : « Ah mince, ça a l'air super drôle mais je ne l'ai pas comprise. Tu pourrais me l'expliquer ? » Vous verrez alors à quel point il est humiliant et très contre-productif de devoir expliquer ses blagues. Il y a fort à parier qu'à raison de trois ou quatre demandes quotidiennes d'analyse de texte, la team lourdeur aille jouer ailleurs. Auquel cas, vous pouvez conseiller la lecture de FHDPS** à vos collègues de bureau qui auront écopé du Jean-Pierre dont vous venez de vous délester.

*Acronyme de « Best Friend Forever », ce que, jusqu'à des temps récents,on nommait bêtement « meilleur ami ».

**Acronyme de Faites l'Humour Dès le Premier Soir.

Team 1er degré
CATÉGORIE : PASSIFS INVOLONTAIRES

« Tu prends tout mal, Corinne. »

Pour les membres de la team 1er degré, tout humour est une forme d'exclusion. Ils sont équipés d'un cerveau qui n'a pas fait la mise à jour comprenant les correctifs pour les bugs de compréhension et les améliorations de performances pour éliminer la latence. « Ah ben oui mais il fallait cliquer où ? » demande Corinne, la cheffe d'équipe, pleine de bonne volonté mais visiblement larguée.

Corinne ne comprend pas les blagues. Ou de travers. Quand, par miracle, elle les comprend, elle se sent visée. Il est donc très difficile de lui faire des plaisanteries. Corinne c'est le « Papa-dans-Maman-vite-fait-le-samedi-soir-dans-le-noir-les-yeux-fermés » de l'humour. Corinne est étrangère à toute forme de fantaisie. Corinne est rabat-joie. Pas méchante. Juste désespérante. On s'ennuie vite et on a très envie d'aller faire l'humour ailleurs.

Notre théorie, c'est que les Corinne existent parce que les Jean-Pierre existent. Il est parfois mieux de ne pas comprendre les blagues. Exemple : « Moi, ma femme je la viole tous les soirs. »* Alain (Jean-Pierre) Finkielkraut. Alors, Corinne a développé, bien malgré elle, un système de défense : elle a coupé la fonction humour pour survivre dans un monde peuplé de Jean-Pierre. (Sandra C., qui a une appétence pour les sciences molles, nous informe qu'on emploie alors le terme de « dissociation cognitive ».)

*On vous rassure, nous non plus, on ne la trouve pas drôle !

Au travail, Corinne fait office d'épouvantail à Jean-Pierre. Placée stratégiquement au centre de l'open space, elle peut contribuer efficacement au maintien d'une ambiance de travail acceptable. Pas folichonne, mais, disons... neutre. Un no man's land de la vanne. Une zone non-rieur. Dans un monde idéal, il faudrait également créer une zone « lourdeur » (dans un placard à balais, par exemple) où Jean-Pierre pourrait se délester de son trop-plein de lourdinguerie pour épargner ses collègues. Lecteurs spécialistes des RH et autres experts en QVT (qualité de vie au travail), tenez-nous au courant si l'idée fait son chemin dans les entreprises et partagez avec nous vos expériences sur notre Instagram @lepointgolri.

Notez que Corinne peut également s'appeler Catherine, à l'instar de Catherine B., célèbre productrice d'émissions télévisées d'humour, qui ne comprend jamais les chutes des sketches. Les membres de la team 1er degré évoluent (sic !) volontiers sur Facebook ou Copains d'avant. Ils commentent les posts comme s'il s'agissait d'informations on ne peut plus sérieuses.

Corinne, c'est la vraie team 1er degré, un label d'authenticité comme l'appellation AAAAA pour les andouillettes.

Pour elle, pas de différence entre la fiction et la réalité. Tout ce qui est dit est contractuel. C'est pour elle que les marques apposent la mention « photo non contractuelle » sur les emballages.

Sa phrase fétiche

« Pourquoi vous riez ? »

Variante : « Ben, franchement, c'est pas très sympa de dire ça. » Corinne est pour la bienveillance à tous crins (mais de préférence multicolores, les crins, comme ceux de la licorne qui trône sur son bureau).

50 nuances de 1er degré

Corinne peut, bien sûr, être un homme. C'est cet homme soupe au lait qui, lui aussi, prend tout mal. Pourtant, il a lu deux fois *Le Rire* d'Henri Bergson. Mais il n'a retenu qu'une phrase : « Le rire est une anesthésie momentanée du cœur, pendant laquelle l'émotion ou l'affection est mise de côté… » Voilà donc c'est mal, bouh, caca, pas toucher. Dommage qu'il ait zappé la fin de la phrase : « … il s'adresse à l'intelligence pure. »

Ça se corse quand un membre de la team Corinne devient chef. Car là, sérieux rime sévèrement avec ennuyeux. C'est simple, on n'ose plus rien dire. Quand, après avoir épuisé tout un tas de traits d'humour qui sont toujours mal pris, vous vous aventurez sur une blague du type : « C'est l'histoire d'un pingouin qui respire par le cul. Un jour il s'assoit sur la banquise… et il meurt » et que vous ne récoltez qu'un « Ah ! je savais pas » ou « Oh le pauvre ! J'espère qu'il a pas eu mal », vous avez très envie de démissionner. Et on vous comprend.

C'est grave docteur ?

Grave, non. Assommant, oui... si vous êtes systématiquement câblé sur le premier degré.

Une incompréhension, une blague qu'on n'avait pas perçue comme telle, un second degré pris au pied de la lettre, ça arrive à tout le monde.

Après tout, peut-être cette si bonne vanne que vous venez de lancer avec fierté s'est-elle **écrasée comme un vieux flan pas assez cuit sur le carrelage de l'indifférence de votre interlocuteur** tout simplement parce que le moment ne s'y prêtait pas ? Eh oui, le rire, pour advenir, requiert un état d'esprit favorable, un moment propice, une relative détente et une disponibilité minimale.

Notre conseil : avant de vous lancer, assurez-vous que votre « client » est branché en mode humour.

Ou bien, peut-être, n'avez-vous pas envoyé de signal suffisamment clair de votre état d'esprit farceur ? **En gros, vous avez cueilli votre interlocuteur à froid, il n'était pas prêt.** Alors, pour éviter un claquage des zygomatiques, il s'est mis en mode sécurité (comprendre : en mode sérieux). Là, c'est le bide assuré.

Et enfin, peut-être que votre interlocuteur n'est tout simplement pas client de votre style d'humour. Ce n'est pas grave. Ça arrive aux meilleurs. Par exemple, Marie G. (coauteure du présent excellent ouvrage, femme de goût, esprit subtil s'il en est, professionnelle de la rigolade, athlète des zygomatiques...) reste hermétique à la plupart des bouquins et BD du pourtant adulé Fabcaro. Allez comprendre...

FACE À LA TEAM 1ER DEGRÉ

Comment redresser la barre, garder le cap, et préserver l'envie d'avoir envie ?

1. **Tenter une approche en douceur**, comme avec la grenouille dans une casserole d'eau chaude, l'idée c'est d'y aller progressivement, d'augmenter la température au fur et à mesure. On vous suggère donc de commencer par une vidéo de chaton qui fait un câlin à un chien qui bâille, puis de tenter une autre vidéo de chaton mais qui cette fois-ci a peur d'un concombre... bon... c'est sûr, il faut s'armer de patience avant d'arriver à glisser votre blague : Comment est-ce qu'on appelle un boomerang qui ne revient pas ? Un chat mort*.

2. **Si Corinne est votre chef**, enfermez-la dans les toilettes un petit quart d'heure, le temps de vous détendre entre collègues avant de la libérer.

3. **Si Corinne est membre de votre famille**, placez-la à côté de Jean-Pierre pour tenter de modérer ses ardeurs (peut-être finira-t-il par s'user ?).

4. **Est-ce que Corinne ne pratiquerait pas la fameuse « ironie socratique »**, feignant l'ignorance pour amener son interlocuteur à questionner ses connaissances et ses certitudes ?

*Merci à Topito pour cette blague de qualité.

Team Con-cernée

CATÉGORIE : ASEXUELS VEGANS PANROMANTIQUES DÉCONSTRUITS NON RACISÉS

« Tu peux pas dire ça. »

Pour les militants de la team Con-cernée, toute forme d'humour est une agression, dans la mesure où, pour eux, le rire banalise une chose ou une notion que leur team sacralise.

Or, c'est bien connu, on ne plaisante pas avec ce qui est sacré. Les membres de cette team sont des gens sérieux et vénères (et le problème c'est qu'ils confondent les deux). **D'où se permet-on de rire alors que le monde va si mal ?** Pas facile de rire quand on est en colère. Ici, il n'est point question de se détendre, il est interdit de prendre du recul. La team Con-cernée habite dans l'œil du cyclone, elle siège dans le cœur nucléaire du monde, elle a des responsabilités, pas le temps de blaguer. Si elle cille ou cligne des yeux, ne serait-ce qu'une seconde, tout peut basculer dans le chaos.

Zéro légèreté, totale gravité.

Les membres de cette secte (euh, pardon, de cette team), ce sont les Maîtresses et Donjons du game. Le latex et les menottes sont leurs basiques. Le fouet n'est jamais loin. Il faut tout bien faire comme ils l'ordonnent (oui, maîtresse), sinon ça claque, ça chauffe, ça fait mal... (même si on n'avait rien demandé). **Sur le terrain de jeu de l'humour, ils sont l'arbitre mais ils manient exclusivement le carton rouge.** Toute entrave au règlement, quelle que soit sa gravité, est sanctionnée de la même manière. C'est l'exclusion, la disqualification. Allez zou, sur le banc (de la société), direct... et toute sortie est définitive. Ils sont les garants du respect d'autrui (quand autrui leur ressemble). Mais comme toute chose pratiquée à l'excès, ils ont transformé un concept sympa à la base en outil de propagande totalitaire.

Pour eux, l'humour est pavé de mauvaises intentions. Le rire jette forcément un discrédit. Aussi, les Con-cernés mettent-ils blagueurs et rieurs dans la position du « bourreau », les condamnant à se défendre et à se justifier devant le tribunal de la bien-pensance (la leur, bien sûr). Le rire est bachique, dionysiaque, il est le côté obscur de la Force et détruit tout sur son passage. Eux sont prométhéens, ils sont les bâtisseurs, ils sont dans le labeur, dans le dur, dans le sérieux. Ils sont le dindon, nous sommes la farce.

De toute façon c'est simple, le monde est binaire (et vu qu'ils en sont le centre, ils savent de quoi ils parlent). **Soit on est d'accord avec eux, soit on est contre eux.** En résumé, ils prônent l'ouverture d'esprit à condition qu'on pense comme eux.

La team Con-cernée pratique une forme de violence insidieuse en imposant sa vision du monde et en condamnant au silence tout le reste. **Un fascisme mou**... mais un fascisme tout de même *(c'est comme les Uggs fourrées, c'est confortable, mais ça pue)*.

Parce que la team Con-cernée a oublié une chose. L'humour est avant tout un plaisir partagé. Ce plaisir naît d'une connivence entre blagueur et rieur. Ils prennent la décision mutuelle et tacite de suspendre les règles et les conventions, pire, de les violer pour créer une petite parenthèse. Ils s'offrent alors une petite bulle dans laquelle on a le droit de ne pas coller à la vérité, d'exagérer, de suspendre son esprit critique et où, soyons dingues, on a même le droit de mettre de côté ses valeurs et son éthique pour RIRE. Parce que justement, c'est pour « de rire » ! C'est comme ça qu'on peut rire de trucs vachement importants, super graves, méga flippants, over dégueulasses, hypra injustes.

Phrase fétiche

« Tout ce que tu riras sera retenu contre toi. »

50 nuances de Con-cernée

La nuance... ben... comment dire... c'est pas leur fort.

La nuance c'est l'ennemie, même. Parce que, dans un monde peuplé de brutes et d'oppresseurs, il ne peut y avoir que deux camps. Les bons et les méchants. Et pour y survivre, on doit être radical.

Les membres de la team Con-cernée sont concernés (surtout par eux-mêmes à vrai dire).

Ils s'offusquent.
Trop.
Tout le temps.
Pour tout.
Et au bout d'un moment, on ne sait plus bien pourquoi.

C'est grave docteur ?

On a tous et toutes des sujets qui nous touchent directement, dans notre chair, notre cœur, nos convictions ou nos valeurs.

Des sujets sur lesquels nous sommes plus sensibles et moins enclins à la plaisanterie. Des sujets où l'on se sent concerné. Pour autant, il y a, nous semble-t-il, un pas entre concerné et Con-cerné. À quel moment le franchit-on ? Probablement quand on laisse le sujet en question devenir notre maître. Quand c'est lui qui dicte les règles parce qu'on ne lui a pas accordé une juste place. Un espace circonscrit mais suffisamment grand pour que ce fameux sujet sensible se sente considéré et n'éprouve pas l'envie de déborder. En sécurité dans son espace VIP, il laisse alors volontiers la place pour accueillir ce qui se présente : l'impromptu, le drôle, le léger. **L'humour, c'est une question de cohabitation.** Nous sommes convaincues que pour vivre en paix avec un sujet sensible, sa gravité et sa légèreté doivent vivre ensemble et même se côtoyer.

Alors, si vous êtes un peu casse-cou, libre à vous de tenter de dérider un « Tu peux pas dire ça »... Mais on vous prévient, cette mission peut s'avérer périlleuse. Oui, même en allant sur des blagues ultra-méga consensuelles du type : « Quel est le fruit le plus végétarien ? » (la pastèque) ou « qu'est-ce qui est vert et se déplace sous l'eau ? » (un chou marin), vous pourriez en prendre une parce que « selon une étude récente les fruits et les légumes aussi ont une âme ».

FACE À LA TEAM CON-CERNÉE

Comment redresser la barre, garder le cap, et préserver l'envie d'avoir envie ?

1. **Essayez de détendre le ou la Con-cerné·e** (oui, là on met de l'inclusif, pour ne froisser personne et faire montre de notre bonne volonté). Sortez le grand jeu, tous les moyens sont bons : massage, relaxation, sophrologie, méditation ou bien fouet et tenue en latex pour les plus téméraires. La détente est un préalable à l'humour. Difficile de faire rire une personne qui est tendue comme un string.

2. **N'hésitez pas à appeler les poids lourds de la science** à la rescousse. Konrad Lorenz (prix Nobel de médecine en 1973, excusez du peu) suggère d'utiliser l'humour comme alternative à l'agressivité, car il permet de canaliser ce qu'il nomme « l'enthousiasme militant ». En clair, encouragez votre Con-cerné·e à se lâcher, proposez-lui de faire des blagues sur ce qui le ou la ou lo (ou lea ou li ou lu, inclusif on a dit) met en pétard, sinon il ou elle ou iel va finir par imploser.

3. **Plus difficile** : tentez d'instiller l'idée (subversive) dans l'esprit de votre « Tu peux pas dire ça » qu'il n'est peut-être pas le centre du monde. Et que, par conséquent, il peut peut-être ne pas tout prendre personnellement. Allez-y mollo et tenez-nous au courant.

Team Bordeau Chesnel

CATÉGORIE : ABSTINENTS

« Nous n'avons pas les mêmes valeurs. »

Pour les membres de cette caste (heu pardon, de cette team), rire c'est se salir. **Car oui, braves gens, le rire est sale puisqu'il vient du corps.** Un phénomène involontaire et parfois incontrôlé d'une vulgarité crasse qui provoque des petites convulsions. Aussi impudique qu'un orgasme en public. En plus, rire oblige à dévoiler ses dents… et puis quoi encore, vous n'êtes pas stomatologue que je sache* ?

Cette team c'est le « pas ce soir, j'ai la migraine » de l'humour. Non, décidément, cet exercice ne les intéresse pas. Ou alors exclusivement entre gens de même condition. Pour eux, le rire est avant tout un apanage social, une façon de se maintenir ou non à distance, d'établir ou pas un lien privilégié avec celle ou celui qui n'est pas de notre rang parce qu'après tout « on n'a pas gardé les cochons ensemble ». Le rire est uniquement intentionnel, électif, sélectif et stratégique. S'il est pratiqué hors caste, pour les Bordeau Chesnel, l'humour est ressenti comme une insupportable inversion des statuts. C'est une tentative de putsch, une rébellion ou pire, une faute de goût de la part du petit peuple. Pour signifier que « nous n'avons pas les mêmes valeurs », il convient de demeurer de glace. **Tout blagueur est donc voué à s'échouer lamentablement sur la banquise immaculée de ses ours polaires mal léchés.**

*Oui parce que si nous, indécrottables bouseux, allons bêtement chez le dentiste, eux vont consulter leur stomato. Bon sang de bois, ce que nous sommes ploucs !

Ici, point de réciprocité, pas question de rendre la pareille en répondant favorablement à cette sollicitation humoristique.

Poker face (et à ce jeu-là, ils sont imbattables). **Ne pas rire est un moyen très efficace de rabaisser l'auteur de la blague** et d'asseoir sa domination sous prétexte de sophistication. C'est tout bénef ! *Et cream on ze cake* (oui c'est de l'anglais, depuis mes études à Princeton, certaines expressions me viennent plus naturellement en anglais, c'est cocasse, non ? Où en étais-je ? Ah oui ! Cream on ze cake) le rire étant contagieux (ce qui prouve bien qu'il s'agit d'une maladie, ah ah ah), ne pas le pratiquer revient à faire montre de son indépendance d'esprit. On n'est pas des moutons, quoi, merde ! Alors, on reste entre soi, dans sa zone de confort, se privant du plaisir d'être surpris, d'être stimulé... et de jouir.

Vous l'avez compris**, la team Bordeau Chesnel a une très haute opinion d'elle-même** (on n'est jamais mieux servi que par soi-même) et se prend donc (très) au sérieux. Le hic c'est que ses membres confondent sérieux et intelligence. Leur ego prenant toute la place, le rire n'en a pas.

Phrase fétiche

« Le rire est le propre de l'homme... bas de gamme. »
Le bon goût ce sont eux.

C'est simple. Les seules blagues qui sont drôles, ce sont les leurs.
D'ailleurs, ils ne font pas de blagues mais des jeux de mots (les jeux de l'esprit sont moins sales). Un seul. Tous les 29 février (mais seulement si la lune est pleine et si Mercure rétrograde en Saturne).

50 nuances de rillettes

On espère pour vous que vous n'en avez pas dans votre entourage. **Ces gens glacent l'ambiance plus vite que la Reine des Neiges.**

C'est cette vieille tante qui vous fusille du regard à la moindre allusion sexuelle (et pourtant, quoi de plus drôle que le second degré sexuel, on vous le demande). C'est ce collègue qui vous jette un œil plein de condescendance lorsque vous glissez une petite vanne au pot de départ de Chantal.

On les trouve aussi dans les milieux « intello » : docteurs ès quelque chose (on n'a pas fait 75 ans d'études pour rire à une blague de pingouin qui s'assoit sur la banquise. D'autant que les pingouins ne s'assoient pas, ils n'ont pas de jambes), artistes conceptuelo-rigido-créativo-quelque chose (marche aussi pour tous les gens qui gravitent autour de ce milieu où un « artiste » qui a déféqué dans une boîte Tupperware est un génie).

Ça fonctionne aussi très bien dans les milieux où, au contraire du rire, l'argent n'est pas sale. Car oui, quand on parle de $$, on n'a pas le temps de Golri, OK ? Ou alors si, mais ça donne ça :

« Bonjour mon cher Charles-Albert,
comment vous portez-vous cette semaine ?

– Merci de vous en enquérir chère Marie-Vétiver,
pour tout vous dire, je suis préoccupé.

– Votre tournoi de golf ?

– Non, mes placements
en cryptomonnaies.

– Ah oui, je comprends, c'est fâcheux.

– Figurez-vous, ma chère, que je subis une série de trois bougies baissières hebdomadaires successives qui a malheureusement remis sur le devant de la scène la perspective de l'épaule-tête-épaule (ETE).

– Mince. Mais passez donc voir Bertrand au cabinet.
Il va vous remettre ça en place.

– Ah ah ah ! Ce que vous êtes drôle, Marie-Vétiver. Mais je n'ai pas le cœur à rire.

– Le cœur ?
J'ignorais que vous en aviez un Charles-Albert.

– Ah ah ah ! Non, je vous rassure, c'est une expression bien sûr, un abus de langage oserais-je dire.

– Ah ah ah !
Pardon de vous avoir interrompu par cette galéjade, poursuivez mon cher, cette histoire de bitcoin est tout bonnement palpitante.

– Je dois vous l'avouer, Marie-Vét', la situation est grave surtout si l'on considère les prix du Bitcoin, actuellement situés au niveau des 41 000 $. Ce qui se trouve juste sous la ligne de cou de cette figure chartiste baissière. Vous savez, il ne suffirait que d'un nouveau grain de sable pour le voir repasser pour de bon dans la partie inférieure de son canal horizontal.*

– Vous devriez passer un week-end au Qatar.
C'est tout à fait dépaysant et du sable, ils en ont à revendre.

– Ah ah ah ah ah !
J'adore votre esprit d'à-propos. »

*Merci à Cryptoactu.com pour ces informations limpides sur les crypto-monnaies.

C'est grave docteur ?

On ne va pas se cacher derrière le pot de rillettes (de toute façon c'est beaucoup trop petit, on a repris deux fois de la mousse au chocolat de Maman Guibourt), **il nous arrive de faire partie de cette team.**

Oui. Et même avec cette petite pointe de condescendance dans le cerveau qui dit : « Mais pourquoi diantre tous ces manants rient-ils à cette épouvantable galéjade ? » On est parfois d'épouvantables snobinardes qui restent de marbre au milieu d'une salle de spectacle bondée de gens morts de rire. Oui, on avoue. On n'est pas fières, mais on avoue.

On vous l'a dit, l'humour est une question d'affinité… Essayons juste d'en rester là, sans franchir la frontière du rubiconnard ou de la rubiconnasse qui considère que son seul et unique goût est le bon.

FACE À LA TEAM BORDEAU CHESNEL
Comment redresser la barre ?

Alors là…
On a envie de dire : Lâchez-vous*.

N'hésitez pas. Allez-y. Quoi que vous fassiez, ce sera trop pour les membres de cette team. À vous le plaisir de « choquer le bourgeois ». Et qui sait, vous découvririez peut-être que la gangue de glace qui entoure les membres de cette team fond plus vite que la banquise avec un « Tire sur mon doigt » (c'est le moment d'envoyer Jean-Pierre !).

Car oui, on a tous une faille humoristique.
Nous sommes humains. Et les humains, ça rit.

*Dans les limites du respect dû à tout être humain (même s'il vous exaspère sa mère).

Team Moyen Âge

CATÉGORIE : DROIT PÉNAL

« MDR (morts de rire) »

Avec la team Moyen Âge, c'est pas de bla-bla, des résultats.
Simplicité, efficacité, les tarifs sont affichés à l'entrée :
1 tweet rigolo = 1 déferlante d'insultes dans ta face
1 blague = 1 grosse claque dans ta face
1 caricature = 1 rafale de kalach dans ta face
1 heure d'enseignement civique = 1 décapitation dans ta face.

C'est le règne de la terreur. Les membres de la team appliquent au pied de la lettre l'expression « morts de rire ». Avec eux, on ne peut rire de rien, point. Si vous faites partie de cette team, merci de reposer délicatement ce livre. Ou bien entrez dans la librairie la plus proche, achetez-en 10 000 exemplaires et faites un magnifique autodafé en nous traitant de grosses pu***. (Merci du compliment, c'est toujours appréciable d'être considérées comme des professionnelles…) et de partir en vacances grâce à vous.

Phrase fétiche

« Ta gueule. »

50 nuances de MDR

« Ta gueule, on a dit. »

C'est grave docteur ?

Mortel.

FACE À LA TEAM MOYEN ÂGE
Comment redresser la barre ?

Aucune envie de redresser la barre.

> « Le rire tue la peur, et sans la peur,
> il n'y a pas de foi. Car, sans la peur du Diable,
> il n'y a plus besoin de Dieu.
> [...]
> Pouvons-nous rire de Dieu ?
> Le monde retomberait dans le chaos. »
>
> *Le Nom de la rose*

5.

Le coin des actifs

Quel blagueur êtes-vous ?

À votre tour de vous dévoiler et de répondre à LA question : Comment faites-vous l'humour ? Pour nous éclairer dans cette interrogation ontologique, on propose de vous cuisiner un peu… façon portrait chinois.

Si vous étiez un émoji sexy fruit ou légume ?

❤ Une banane parce que vous l'avez tout le temps.

💋 Une pêche parce que : quoi de plus sexy qu'une peau veloutée ?

🍆 Une aubergine *(non, Corinne, ce n'est pas une invitation à déguster une moussaka).**

Un melon parce que vous l'avez un peu… de temps en temps.

Si vous étiez une heure de la journée ?

💋 7 heures du mat', j'ai des frissons…

❤ Apéééérroooooo time !!!

Minuit dans le jardin du bien et du mal (mais surtout du mal).

🍆 Un petit 5 à 7 des familles.

Si vous étiez un objet fétiche ?

🍆 Une blouse blanche pour jouer au docteur.

💋 Une combinaison de *zentai* en latex pour entretenir le mystère.

Un fouet pour corriger ceux qui ne sont pas sages.

❤ Une paire d'escarpins parce que c'est le fantasme le plus partagé.

Si vous étiez un vêtement ?

❤ Un tee-shirt à message marrant pour faire sourire ma boulangère.

🍆 Un bon vieux slip de bain comme Patrick Chirac.

💋 Une guêpière pour une fine guêpe.

Une robe moulante lacée qui ne tolère pas un gramme superflu.

Si vous étiez un geste ?

❤ Un clin d'œil

🍆 Un bras d'honneur

💋 Un baiser papillon

Une claque

*Pour savoir qui est Corinne, RDV au chapitre 4.

Si vous étiez un péché capital ?

La luxure.

La gourmandise.

La colère.

La paresse.

Si vous étiez une réplique de film pour adultes ?

« Baisse ta culotte, c'est moi qui pilote. »

« Je connais quelqu'un qui n'a pas été sage aujourd'hui. »

« Je vois les nains... mais où est Blanche-Neige ? »

« Mon nom est Bande, James Bande. »

Si vous étiez une matière ?

Du velours parce que c'est votre terrain de jeu favori.

Du Stretch qui libère le mouvement.

Du mohair attirant, mais qui peut s'avérer irritant.

De la laine polaire (parce que je me la PET).*

Si vous étiez un aphrodisiaque ?

Le bois bandé parce que c'est un truc efficace et qui a fait ses preuves.

Une huître qui demande du savoir-faire pour s'ouvrir.

Le poppers. Qu'importe les dommages collatéraux, l'important c'est de golri...

Le chocolat, car quoi qu'il advienne, il y aura du plaisir.

Si vous étiez un cocktail ?

Un gin-fizz, piquant et acidulé.

Un Hemingway Special pour le subtil équilibre entre la douceur du rhum et l'amertume du marasquin (qui a l'avantage de rimer avec coquin).

Un mojito parce que c'est comme moi : pétillant, sucré, frais et pas prise de tête.

Un TGV (tequila gin vodka) avec un supplément Get (pour l'haleine), et après on fait tourner les serviettes.

*Corinne, c'est parce que la laine polaire est faite à base de bouteilles recyclées en plastique, autrement appelé PET (polyéthylène téréphtalate).

Résultats

Vous avez une majorité de 

Vous appartenez à la famille des *Fines Mouches*

Tel Guillaume (Tell, justement), vous mettez dans le mille à chaque fois. Votre plaisir de blagueur vient de l'à-propos. Vous aimez la repartie, le mot juste au bon moment. Humour distancié, air de contempler la vie sans y toucher, vous pourriez être anglais, avec votre façon de faire rire pile là où il faut.

Votre devise

« *Keep Calm and laugh.* »
Restez calme et riez. En référence à une affiche produite par le gouvernement britannique pendant la Seconde Guerre mondiale en vue de maintenir le moral de la population en cas de défaite ou d'invasion. Bref, du fun, du *fog* et du flegme.

Votre trait d'humour favori

« Ou pas. »

Utilisée de façon isolée, en ponctuation d'une longue argumentation, pour en restreindre la portée ou indiquer que le contraire est aussi possible. Cette locution marque votre prise de distance (voire de hauteur un chouïa méprisante) sur le débat.

Exemple :

« Et là, je dis à Raymond, que tous ces gars du gouvernement qui disent que bla bla bli bla bla bla et ben moi, en tout cas, j'aimerais bien les y voir !

– Ou pas. »

Vos maîtres à rire

Jean Rochefort, Edouard Baer, Valerie Lemercier.

Votre warning

Attention à ne pas devenir cynique. Votre propension à vous tenir à distance de la vie pourrait vous conduire vers la déprime, voire la dépression.

Notre conseil

N'hésitez pas à sortir de votre zone de confort de temps en temps, à tester des vannes moins fines (à ce propos, vous connaissez la blague du pingouin qui s'assoit sur la banquise ?). Cela surprendra votre auditoire et c'est toujours bien de surprendre, *isn't it ?*

Vous avez une majorité de 

Vous appartenez à la famille des *Comiques*

Pour vous, les vannes de l'humour sont grandes ouvertes. Vous le pratiquez partout, tout le temps et à la moindre occasion. Qu'importe la qualité, le principal c'est la quantité, parce qu'après tout, comme au Loto, 100 % des gagnants ont tenté leur chance. Pour vous, l'humour se décline sous toutes ses formes. À vous les imitations, les chansons rigolotes, les accents plus ou moins maîtrisés, les cascades plus ou moins dangereuses. Rien ne vous arrête, le ridicule ne vous fait pas peur. Et c'est (aussi) pour ça qu'on vous aime.

Votre devise
« Qu'importe le flacon... pourvu qu'il y ait la liesse. »

Votre trait d'humour favori
« Casséééééé ! »

Vos maîtres à rire
Brice de Nice, Éric & Ramzy, Chantal Ladesou.

Votre warning
Trop de blagues tuent la blague. Essayez de laisser de la place aux moins téméraires que vous, vous n'êtes pas à l'abri de pouvoir apprécier l'humour des autres.

Notre conseil
N'hésitez pas à sortir de votre zone de confort de temps en temps (à ce propos, vous connaissez la blague du pingouin qui s'assoit sur la banquise ?), à tester des vannes plus fines. Vous verrez, ça « fartera »* toujours.

*Cherchez du côté de Brice de Nice si vous n'avez pas la réf.

Vous avez une majorité de ♥

Vous appartenez à la famille des *Joyeux Drilles*

Pour vous, plus que la blague à tous crins, ce qui compte, c'est la bonne humeur. Vous instaurez un climat sympathique et joyeux, vous êtes « le meilleur pote » de la bande. Avec vous, les blagueurs se sentent en confiance et adorent vous faire rire. En votre compagnie, les soirées sont très agréables, parce que vous faites du bien, même sans rien faire.

Votre devise
« Je ris, donc je suis. »

Votre trait d'humour favori
Vous avez vu la vidéo avec les chats qui ont peur des concombres ?

Vos maîtres à rire
Alessandra Sublet, Stéphane Bern.

Votre warning
Parfois un peu trop effacé·e, vous êtes du genre à vous réveiller la nuit parce que vous avez enfin trouvé LA repartie/LA phrase/LA vanne qui aurait été parfaite... il y a quelques heures. Ça ne sert à rien, sauf à vous bousiller le teint.

Notre conseil
N'hésitez pas à sortir de votre zone de confort de temps en temps (à ce propos, vous connaissez la blague du pingouin qui s'assoit sur la banquise ?), à tester des vannes même si elles vous semblent pourries. N'hésitez plus, lancez-vous (mais pas trop fort). Un bide n'a jamais tué personne.

Vous avecz une majorité de

Vous appartenez à la famille des *Snipers*

Pour vous, l'humour consiste avant tout à trouver une cible. Vous n'aimez rien tant que rire avec et surtout aux dépens d'une personne dont on espère de tout cœur qu'elle est consentante et bourrée d'autodérision. Vivacité, sens de l'à-propos et repartie au vitriol sont vos meilleurs atouts. On vous aime autant qu'on vous craint. On vous trouve super golri pour peu qu'on ne soit pas le sujet de vos blagues.

Votre devise
« Rira bien qui rira le dernier. »

Votre trait d'humour favori
Le sarcasme, la vanne qui caaaaaasse.

Vos maîtres à rire
Cyrano de Bergerac, Laurent Baffie, Élodie Poux.

Votre warning
Pour vous, l'humour est une compétition dont vous devez sortir gagnant. Attention, cependant, à ne pas confondre taquinerie (dont l'objectif est de créer de la connivence avec votre cible) et moquerie (qui consiste à rire aux dépens de votre cible). Vous seriez prêt·e à mourir pour un bon mot. Ou en tout cas à perdre des ami·e·s pour cela. Est-ce vraiment ce que vous voulez ?

Notre conseil
N'hésitez pas à sortir de votre zone de confort de temps en temps (à ce propos, vous connaissez la blague du pingouin qui s'assoit sur la banquise ?), à tester des vannes même si elles vous semblent trop « gentilles ». Tournez votre langue 7 fois dans vos bons mots, évaluez le risque de blessure, car on le répète, le rire peut être humiliant (et dans ces cas-là, il cesse d'être drôle).

6.

Tout ce que vous avez toujours cru savoir sur l’humour…

“

Analyser l'humour,
c'est comme disséquer
une grenouille.
Ça intéresse peu de gens
et la grenouille meurt.

”

— E. B. White —

Sauf à habiter dans une grotte, vous avez déjà entendu et peut-être même prononcé des phrases toutes faites sur l'humour du type :

- « Femme qui rit à moitié dans ton lit. »
- « Rire, c'est la politesse du désespoir. »
- « On peut rire de tout, mais pas avec tout le monde. »
- « Mieux vaut en rire qu'en pleurer. »
- « Le rire est le propre de l'homme. »
- « Le rire est un antidépresseur. »

Ces assertions sont-elles vraies ? Tentons, sur plusieurs d'entre elles, une analyse ~~totalement~~ scientifique en les passant au tamis des connaissances actuelles sur l'humour en matière de psychologie, sociologie, philosophie, médecine, etc.

Commençons par celle qui, si elle était vraie, arrangerait bien grand nombre d'entre nous :

« Femme qui rit à moitié dans ton lit »

A priori, on se dit que c'est vrai. D'une part, parce que l'humour, source de joie et d'admiration, est souvent utilisé dans les stratégies de séduction et autres parades amoureuses. D'autre part, parce qu'il n'y a qu'à voir le nombre de moches drôles qui pécho des avions de chasse (hello François Hollande, Jamel Debbouze ou notre pote Franck qui, malgré son physique de petit poussin qui aurait avalé un coton-tige, est l'un des plus grands tombeurs de notre groupe d'amis).

Alors comment se fait-il ?

Parce que l'humour, comme le pouvoir, l'intelligence et la beauté, a ce petit « je-ne-sais-quoi » de magnétique. Sandra C., qui a passé une bonne partie de sa jeunesse à suer sur Freud (et même sur Lacan, c'est pour vous dire dans quel état elle est, la pauvre), va s'appuyer sur cet homme qui était, paraît-il, très drôle* pour décortiquer cette expression.

Selon ce cher Sigmund, pour avoir des dispositions à l'humour, il faut avoir développé deux choses : conscience de soi et confiance en soi. Des atouts qui, en général, s'acquièrent dans l'enfance. Rire rappelle la joie enfantine du jeu, une grande liberté, sans barrière et sans arrière-pensée. Voilà pourquoi c'est si agréable ! Pas de panique pour tous ceux qui ne se sentent pas en grande confiance en eux. Après mûre réflexion, même si évidemment TOUT est plus facile avec de la

*C'est vrai qu'affirmer à tout bout de champ que les mères sont toujours les fautives relève à la fois de la super bonne blague et du comique de répétition.

confiance en soi, ce n'est pas une condition absolument nécessaire**. L'important, à notre humble avis, c'est d'oser. Donner l'illusion de l'avoir, cette fameuse confiance en soi, et se lancer. **Pour pécho, le rire est encore plus efficace qu'un déodorant Axe.** (Et ça, on dira ce qu'on voudra, mais c'est une sacrée bonne nouvelle pour toutes les personnes possédant un nez en état de marche.)

Car ce qui attire dans le rire, c'est le sentiment que le blagueur surfe sur la vague de la vie, qu'avec lui on pourra se sortir de toutes les vicissitudes puisqu'il a la capacité à prendre du recul et à faire des blagues. Pour faire rire, il faut savoir prendre de la distance par rapport à ses propres idéaux, ce qui évite d'être intolérant et intransigeant.

Bon, donc, femme qui rit, OK. C'est vu, ça fonctionne (sous certaines conditions). **Mais est-ce que : « Homme qui rit, également dans ton lit » ?**

À nos humbles avis de femmes hétérosexuelles, c'est un grand OUI. Un ouiiiiiii que nous avons nous-mêmes expérimenté. Faire rire est une arme de séduction massive. Cependant, comme nous sommes des femelles, nous devons bien sûr faire semblant d'être moins drôles que les hommes. Nous nous employons donc à rire telles des petites créatures divines au rire cristallin tintinnabulant comme une clochette céleste. Il va sans dire que nous rions derrière notre main manucurée afin de ne pas montrer nos dents, car nous n'oublions jamais que le malheur du rire c'est qu'il émane du corps. Gardons bien à l'esprit que rire peut être aussi sale, inconvenant et vulgaire qu'un pet lors d'un conseil des ministres.

**Et là, soyez honnêtes, vous ne vous attendiez pas à une révélation si incroyable.

Ahaha, vous y aviez cru ??
Que nenni. Au diable les convenances ! (Dans la limite du raisonnable, bien sûr.)

Manquerait plus que ça, tiens, qu'on s'empêche d'être drôle. Rions et faisons rire à fond les ballons. Utilisons le rire comme arme de séduction et de deux choses l'une :

1. Soit nous dérangeons le mâle ;
2. Soit nous le séduisons totalement.

Nous, on a décidé d'assumer pleinement notre envie de rire/jouir et de faire rire/jouir. Conclusion : Oui, « humain qui rit, à moitié dans ton lit ».

Donc, si vous voulez mettre quelqu'un dans votre lit, faites-lui l'humour. Et même si vous ne cherchez pas quelqu'un pour bousiller vos nuits à coups de ronflements et de piquage de couette, faites l'humour quand même. C'est beaucoup plus agréable pour tout le monde.

« Rire, c'est la politesse du désespoir »

Un soir où vous aviez en tête de ressembler à Baudelaire, peut-être avez-vous déclamé cette phrase, le regard dans le vague, les yeux légèrement embués. C'est vrai que cet aphorisme a un double avantage. Celui de se la raconter (on est plus sur France Inter que sur Rire et Chansons). Et celui de nous encourager à consoler notre spleen à grand renfort de rires plutôt que de chialer nos mères comme des m*****.

Alors déjà, Baudelaire, sais-tu à qui on doit cette phrase ?

C'est bien joli de citer, mais encore faut-il rendre à celui qui l'a dit.[1] Non, pas à César (pour une fois et pas non plus à Hugo, ni à Wilde ou Churchill comme on l'entend parfois) mais à Chris Marker. Et là, légitimement vous pouvez vous demander: « Mais qui est donc Chris Marker ? »*

Pour illustrer notre propos, prenons l'exemple de quelqu'un de très drôle et de très connu : Jamel Debbouze. Jamel n'avait pas vraiment les bonnes cartes au départ : une enfance vécue dans une grande précarité puis, à 14 ans, un grave accident qui le laisse handicapé. Une grande majorité d'entre nous y aurait plongé, dans le désespoir. Mais Jamel a trouvé comment transformer son trauma en sujet de rires. Pour rendre sa triste réalité supportable, il fait des blagues.

En provoquant le rire, il suscite l'approbation, l'adhésion, et même l'admiration des autres. Ainsi, il se valorise aux yeux de la société et restaure son narcissisme. « Dans les situations extrêmes, l'humour est une opération de survie. Il fonctionne comme un mécanisme de défense vitale. L'ultime amarrage pour ne pas perdre la tête [...]. C'est la seule liberté qui reste à l'individu et la seule possibilité de se sentir vivant et humain. »[2] Ironiser sur les difficultés de sa vie (son handicap, ses origines, sa taille, sa façon de parler) procure à Jamel du plaisir, le décharge psychiquement en lui évitant une confrontation trop violente à la réalité. **Apposer un filtre « humour » sur ce qu'on vit transforme un affect douloureux en sujet de plaisir.** Il rit de lui et donc nous permet d'en rire sans qu'on le prenne en pitié.

*Écrivain, réalisateur, à ne pas confondre avec Chris Marques qui danse avec les stars. Rien à voir.

L'humour concerne le moi et permet de penser (et ainsi « de panser ») le traumatisme vécu. L'humour, c'est du jeu avec le « je ». Quand ce sont les concernés qui « s'humorisent », ils ne sont plus seulement malades/handicapés/souffrants, ils deviennent des individus, reliés aux autres par l'humour et la joie. Peut-être cet exemple de Jamel vous met-il un peu mal à l'aise, car il fait émerger la question suivante :

« Peut-on rire de plus petit que soi ? »*

Force est de constater que c'est malheureusement trop souvent le cas, car il est facile de rire des faibles et de ceux qui sont moins bien lotis que soi.

Laure Flandrin[3], sociologue, a produit un ouvrage passionnant[5] dans lequel elle explique que **le rire engage la verticalité de l'organisation sociale** : en haut, les riches et les puissants ; en bas, les pauvres et les défavorisés. Rire permet de dévaluer, dans le domaine de la fiction ou par le langage, ce qui ne peut l'être dans la réalité.

Ainsi procède ce qu'elle appelle le rire de dégradation qui consiste à ramener le grand/le puissant vers le petit/le faible. C'est le cas quand on fait des blagues sur le président de la République et la classe politique. Il s'agit également du procédé utilisé par Molière dans la plupart de ses comédies.

*Alors non, chère team Corinne, on ne parle pas ici de la taille des gens. Car, comme le sait la team Con-cernée (voir « Rabats-jouir, tue-l'humour et autres peine-à-rire »), qui refuse l'ostracisation des personnes souffrant de déficit centimétrique, ce n'est pas la taille qui compte.

Pour autant, Sandra C., 1,50 m TTC, représentante des personnes de taille non standard, aimerait profiter de la tribune qui lui est offerte pour signaler que si, quand on doit attraper un schmoul sur la dernière étagère du rayon, la taille, ça compte un peu quand même. Et à tous ceux, et ils sont nombreux qui lui disent « ben, il faut manger de la soupe », elle répond : « Ah ah tais-toi bien fort. »

Empruntant le chemin inverse, le rire de prétention ou de vanité met en scène le petit qui se fait grand. Comme Charlie Chaplin et son personnage du vagabond sans le sou aux manières de gentleman.

Si rire opère une espèce de mise à niveau, une façon de remettre les choses ou les gens sur un pied d'égalité, il est aussi parfois une manière de rabaisser. Mais, inutile de disqualifier davantage ceux qui le sont déjà par la société. Rire de plus petit que soi n'est possible qu'à une condition : laisser la place au sujet pour rire avec lui et s'assurer au préalable qu'il est d'accord pour rire de lui.

Rire avec, OUI.
Rire contre, NON.

Si, en revanche, l'humour devient méchant (comme les blagues lourdingues** sur les blondes, les gros... on en passe et des pires), alors non. En tout cas, blagueur ou rieur, posez-vous la question de ce qui déclenche votre hilarité. Car, si l'humour peut être une arme de séduction massive, il peut aussi être une arme de destruction massive.

Bref, pour nous, comme toujours, l'humour oui.
La méchanceté gratuite (et même payante), non.

** Et là encore, Sandra C., en tant que représentante des personnes à nom de famille qui prête à rire, peut témoigner. Des années à entendre « Colombo ? Comme l'inspecteur arf arf », oui c'est lourd.

Et Marie Guibourt-moi-le-ce-que-tu-veux, plussoie.

« On peut rire de tout, mais pas avec tout le monde »

C'est, en quelque sorte, LA citation énervante de l'humour. Un peu comme « Ce qui ne nous tue pas nous rend plus forts » si vous voulez notre avis. Et si vous ne le voulez pas, tant pis, trop tard.

Cet aphorisme est le point Godwin de l'humour (le point Godwin se situant à l'exact opposé du point G). Que la personne qui ne l'a jamais entendu ou dit nous jette le premier almanach Vermot à la figure. Cette phrase a été prononcée par Pierre Desproges, sur France Inter, lors du *Tribunal des flagrants délires* le 29 septembre 1982[4]. Ce jour-là, l'émission reçoit Jean-Marie Le Pen. Pour mémoire, avant l'invention de Zemmour, Le Pen avait la quasi-exclusivité des idées nauséabondes dans l'espace médiatique français. Desproges n'est pas hyper content de l'invité. D'autant que son job, c'est de faire des blagues. Alors, il s'interroge. À haute voix. Eh oui, sinon, ça ne sert à rien. Formuler des phrases dans sa tête ne constitue pas une chronique radio. Il dit : « La présence de Monsieur Le Pen en ces lieux voués le plus souvent à la gaudriole parajudiciaire pose problème [...]. Les questions qui me hantent [...] sont celles-ci : premièrement, peut-on rire de tout ? Deuxièmement, peut-on rire avec tout le monde ? »

À la première question, il répond : « oui, sans hésiter » et nous sommes d'accord avec lui. Nous proposons néanmoins de poser la question autrement :

« Peut-on faire rire de tout ? »

C'est là que ça se complique. Car, chacun a son propre seuil de tolérance pour définir ce qui est de l'humour (ou pas). **Faire l'humour est en rapport avec notre liberté.** La liberté, c'est l'expérience des limites. Et les limites, comme un journal intime ou un godemiché, c'est très personnel. S'agissant d'une notion individuelle, elle est floue et subjective. Sans conteste, la limite de chacun est respectable… mais

1. Étant donné qu'elle est propre à chacun, elle ne peut et ne doit pas être érigée au rang de loi universelle ;
2. Ce n'est pas parce qu'une blague ne nous fait pas rire qu'on doit la considérer comme une attaque personnelle, surtout si l'auteur n'a pas le plaisir de vous connaître.

Ne pas rire et passer son chemin nous semble être la sanction suffisante. Puisque, et c'est le principe de la liberté, nous avons le choix.

Si on peut rire de tout dans son salon avec ses amis, c'est plus compliqué quand son auditoire s'élargit car on ne connaît pas la limite des gens qui nous écoutent.

Le problème de cette phrase de Desproges, c'est qu'elle est souvent détournée par des gens qui choisissent comme uniques sujets de leurs blagues : les Noirs, les Arabes, les Juifs, les femmes, les homosexuels… Bref, tout ce qui n'est pas un homme blanc hétérosexuel valide (salut la team Jean-Pierre !). Donc, pour ne pas arriver à « on ne peut plus rire du tout », essayons de « rire BIEN de tout ».

À la deuxième question, « peut-on rire avec tout le monde ? », Desproges répond : « C'est dur… Personnellement, il m'arrive de renâcler à l'idée d'inciter mes zygomatiques à la tétanisation crispée. C'est quelquefois au-dessus de mes forces, dans certains environnements humains : la compagnie d'un stalinien pratiquant me met rarement en joie. Près d'un terroriste hystérique, je pouffe à peine, et la présence à mes côtés d'un militant d'extrême droite assombrit couramment la jovialité monacale de cette mine réjouie […]. »

Plus tard, il écrira : « Il vaut mieux rire d'Auschwitz avec un Juif que de jouer au Scrabble avec Klaus Barbie. » Eh oui, parce que le rire est affinitaire. Il est presque impossible de rire avec quelqu'un dont les idées sont diamétralement opposées aux nôtres. **En effet, rire renforce le sentiment d'appartenance et de connivence.** Pour pouvoir rire ensemble, il faut partager le même terreau culturel, la même langue et les mêmes valeurs. C'est pour ça qu'on préfère pratiquer l'humour avec ceux que l'on aime et que l'on respecte.

« Mieux vaut en rire qu'en pleurer »

Dicton cher à nos grands-mères, mais comme elles disaient, par ailleurs, beaucoup de conneries du type : « Chaque pot a son couvercle » *(coucou les célib' au bout du roul')*, « Pleure, tu pisseras moins » *(pensées pour vous les chialeurs dotés de petites vessies)*, « Louche pas, si y a un courant d'air, tu vas rester comme ça » *(spoiler alert : on a essayé, c'est faux)*, on s'est méfiées et on a investigué. Et voici le résultat d'une enquête qui pourrait être présentée par Bernard de La Villardière (au minimum). C'est vrai que, quand on regarde la réalité en face : on va tous mourir (peut-être qu'en plus, les ours polaires mourront avant nous)... on peut se dire que **foutu pour foutu, mieux vaut prendre les choses avec humour.**

Faire le choix de rire (de sa condition), plutôt que d'en pleurer (ou de se plaindre à longueur de temps), permet de regarder les choses sous un autre angle, d'avoir le sentiment de reprendre un peu le pouvoir sur elles. En gros, **rire plutôt que subir**. Comme le bouffon du roi, qui, sous couvert de rigolade, critique la société et ses valeurs.

**Ça faisait chic sur un CV : « J'étais bouffon, je travaillais pour Louis XVI, mais j'étais tellement doué qu'il en a perdu la tête. »*

C'est bien dommage que ce métier ait disparu*.

Mais attention ! Laure Flandrin, dans son livre sur la sociologie de l'humour, nous explique que contrairement à ce qu'on pourrait croire, **le rire ne bouscule pas l'ordre établi, il l'utilise**. En effet, si les bouffons ont existé et ont été encouragés par les rois, c'est parce que l'humour permet de mieux faire accepter la contrainte sociale. Comment ça ? Attendez, on vous explique. Pour pouvoir rire de quelque chose, il faut que cette chose soit une référence commune acceptée comme telle par tous. Pour rire de la contrainte sociale, il faut, avant tout, l'avoir intégrée. Rire n'est donc pas synonyme de transgression mais de conservation de la vie sociale et de son organisation hiérarchique verticale.

Par exemple, il n'est pas rare de constater que les patrons (ou les chefs) manient plus volontiers l'humour que leurs collaborateurs, qu'ils choisissent d'ailleurs souvent pour cibles. Les employés s'autorisent rarement des blagues sur leur supérieur hiérarchique, ou alors, dans leur dos. À croire qu'on se sent plus légitime (ou plus libre) pour faire des vannes quand on occupe un poste à responsabilités. Une organisation verticale de la société, avez-vous dit ? Néanmoins, rassurez-vous, comme l'explique la sociologue dans une interview sur France Cul(ture) : « Le rire a le pouvoir de ré-ordonnancer la réalité sociale en mettant à mal la verticalité de nos organisations. »

Ainsi, prendre le parti d'en rire, c'est questionner ses convictions et se prendre moins au sérieux (coucou les politiques et les patrons du CAC 40, on vous conseille chaudement 5 minutes journalières d'autodérision). Et c'est une bonne chose, parce que se prendre au sérieux mène à l'autosatisfaction, à la solitude et, en extrapolant un chouïa, à devenir Kim Jong-un. Il y a de quoi pleurer donc (et pas que sur la coupe de cheveux de Kim).

Tandis que si on rit, on tempère le fanatisme, on relativise les idéaux et facilite l'acceptation des différences. **L'humour comme alternative à la violence** (sociale... mais pas que), nous, on dit oui.

« Le rire est le propre de l'homme »

C'est François Rabelais qui a fait entrer dans l'histoire cette citation, grâce à *Gargantua* en 1534 : « Mieux vaut écrire des choses comiques que des choses tristes, parce que le rire est le propre de l'homme. »

Vous seriez en droit de nous dire : « Je dubite car je connais personnellement des animaux qui se marrent (comme des baleines). Et si, nous, les humains, sommes des animaux, les animaux, eux, ne sont pas tous des humains. Et encore heureux, parce que conter fleurette à un poney n'est pas chose facile. Sans compter qu'on risque de gros problèmes logistiques quand il s'agira de ramener une moitié de poney dans son lit, car on l'aura fait rire... »

Nous vous répondrons sans hésiter : « Certes. D'autant que le réveil du lendemain risque d'être difficile, il paraît que l'haleine des poneys est redoutable de bon matin. » Cessons là ces blagues zoophiles et revenons à nos moutons.

Le rire est-il seulement le propre de l'homme ?

Rabelais le pensait, car seuls les humains possèdent cette prise de distance, cette forme d'intelligence qui permet d'apprécier une situation et de s'en moquer.

Mais depuis le XVIe siècle, nous avons progressé. Et heureusement. Car cela nous a non seulement permis d'inventer le smartphone et la famille Kardashian, mais également la profession de primatologue. Et c'est grâce à des gens dont la profession finit par « logue » (qui vient du grec ancien *logos*, « étude ») que dorénavant, nous savons. Nous savons que les singes rient. Non seulement les grands (gorilles, babouins, chimpanzés) mais également les petits (gibbons, macaques...). Notamment quand on les chatouille sous l'aisselle. Sachez-le, pour faire rire un primate, il suffit de le chatouiller sous l'aisselle. À quoi sert ce type d'information dans notre vie emplie de béton et de déforestation ? À plus grand-chose, on vous l'accorde.

Cette capacité à rire comme les humains viendrait d'un ancêtre commun que nous avions il y a 10 à 16 millions d'années[5]. En fait, si Rabelais revenait parmi nous pour écrire *Gargantua 2, le retour*, il donnerait ses lettres de noblesse à un autre aphorisme :

« **Faire rire est le propre de l'homme.** »

Car la voilà, la vraie différence ! Maîtriser l'humour, mettre en blague des situations, les raconter de manière à provoquer le rire, ça c'est « seulement » humain. Nous mettons des guillemets, car c'est « seulement » humain au vu de nos connaissances actuelles. Si ça se trouve, dans 3 ou 4 siècles, les chercheurs découvriront qu'il y a des soirées comedy club chez tous les animaux. Et qu'ils pratiquent même l'humour noir en racontant comment les animaux humains, qui se croient au-dessus de tous les autres, ont tellement bousillé la planète qu'on ne peut même plus faire la blague du pingouin parce qu'il n'y a plus de banquise (et conséquemment, plus de pingouins non plus...).

Rire n'est donc pas le propre de l'homme, mais faire rire si. Alors, profitons-en, d'autant que la réponse à la question « Est-ce que l'humour propre le reste vraiment longtemps ? » n'a toujours pas trouvé de réponse (mais que fait donc Bernard de La Villardière ?).

« Le rire est un antidépresseur »

Finissons ce chapitre en beauté avec cet aphorisme qui fait trembler l'industrie pharmaceutique.

D'où vient cette croyance ?

Eh bien figurez-vous, il y a fort fort longtemps, Hippocrate (460-637 av. J.-C.) a développé la théorie des humeurs. Et c'est même l'étymologie du mot : humour = *humor* en latin. Pour Hippo, il existe quatre humeurs, qui définissent quatre tempéraments humains :

- la bile liée au feu (tempérament bilieux) ;
- la bile noire liée à la terre (tempérament atrabilaire ou mélancolique) ;
- le sang lié à l'air (tempérament sanguin) ;
- le flegme lié à l'eau (tempérament lymphatique ou flegmatique).

Quand il y a équilibre entre ces quatre humeurs, tout va bien tant pour le corps que pour l'esprit. D'ailleurs, les médecins de l'Antiquité recommandaient le rire comme moyen de fortifier les poumons et de renforcer l'organisme dans son ensemble.

Au XVIIe siècle, en Angleterre, le mot « humour » apparaît pour désigner en même temps l'humeur théorisée par Hippocrate et l'humour. Tandis qu'en France à la même époque, l'humour désigne le fait d'être irrité, d'avoir ses humeurs. Et là, tout à coup, un monde s'éclaire. **À nous, la disposition à râler ; aux Anglais, le fameux humour** (Monty Python et Benny Hill *forever*).

Le rire est « un phénomène humain complet qui joue un rôle fondamental au carrefour des manifestations musculaires, respiratoires, nerveuses et psychiques ». Parce qu'il secoue le corps et suspend la parole, il agit comme une sorte d'orage psychologique qui permet de décharger les tensions psychiques. Le rire permet ainsi une détente du corps et de l'esprit. De plus, en mettant en action des endorphines qui rééquilibrent l'hypersécrétion d'adrénaline, le rire contribue à la réduction du stress. Ainsi, des personnes souffrant d'anxiété, de dépression ou même d'insomnie et ayant participé à une thérapie par le rire ont constaté une amélioration de leur état. L'endorphine sécrétée par le rire procure également une sensation de bien-être : il remonte le moral et aide à garder un état d'esprit positif.

Pour Freud, l'humour est un signe de bonne santé psychique. Selon lui, il y a plusieurs moyens d'éviter le malheur : la névrose, l'ivresse, l'extase et l'humour. Parmi ces quatre processus psychiques, l'humour est le seul à être sain. Il constitue un moyen naturel de supporter les désagréments de la vie. Pas besoin d'avoir recours à des substances excitantes ou désinhibitrices pour fuir une réalité qui n'est pas toujours rose.

Donc arrêtez le Xanax, et riez.

Enfin… précisons. Quand on est dépressif, on ne peut plus rire. On n'a plus la capacité psychique de mettre à distance la réalité et de trouver des espaces pour rire. Si vous êtes dans ce cas, prenez rendez-vous avec un professionnel (et bon courage hein, parce qu'à l'heure où nous écrivons ces lignes, les psys sont débordés. Car oui, collectivement, la France va bien), soignez-vous, et ensuite, riez, riez, riez.

Comme le disait James Walsh, un médecin américain, en 1928 : « La santé d'un individu est proportionnelle à la quantité de son rire. » Et presque un siècle plus tard, force est de constater que James ne disait pas que des bêtises.

7.

Le coin des passifs : quel rieur êtes-vous ?

Contrairement à l'humour, le rire, l'action de rire, est universel. Tous les humains (et, comme nous l'avons vu précédemment, certains animaux) rient. **Pas besoin d'être un blagueur pour être un rieur.** En effet, depuis les années 1970, des études ont montré que la capacité à inventer des blagues et la capacité à les apprécier ne sont pas liées. Ainsi, même une personne totalement dénuée d'humour rira un jour ou l'autre *... Du moins, si elle est en capacité d'effectuer la série d'opérations mentales nécessaires à la compréhension d'une blague, à savoir :

1. Se représenter mentalement la situation ou le contexte de la blague.
2. Détecter l'incongruité qui se niche dans la blague, en « scannant » mentalement ses multiples interprétations possibles.
3. Arriver à évacuer l'explication initiale qui n'est pas drôle pour percevoir l'humour de la chute (ce que Corinne ne parvient pas à faire).

Dis-moi, comment tu ris, je te dirai qui tu es...

Des psychologues ont rapproché les grandes tendances de l'humour des différents types de personnalités.

Le psychologue Hans Eysenck, par exemple, distingue les personnalités extraverties (portées sur les blagues simples ou à connotation sexuelle) et les personnalités introverties (qui préfèrent les jeux de mots.)

*Nous n'en avons personnellement jamais rencontré, mais peut-être que, comme le dahu – auquel Sandra C. a cru jusqu'à la rédaction de cet ouvrage – ça existe.

Herbert Lefcourt, pour sa part, soutient l'hypothèse **qu'il existe un lien entre le style d'humour qu'aime une personne et le sentiment plus ou moins grand qu'elle a de contrôler son destin.** Ça s'explique assez bien, vu que le terrain favorable aux jeux de l'esprit, c'est le sentiment de sécurité. Ainsi, les « internalistes », qui pensent avoir une forme de contrôle sur le monde extérieur, donc un plus grand sentiment de sécurité, seraient réceptifs à toutes les formes d'humour et les pratiqueraient toutes. *A contrario*, les « externalistes » pensent que leur destin est le jeu de circonstances externes qu'ils ne maîtrisent pas. De nature plus inquiète, ils sont attirés par les formes d'humour qui permettent de développer un sentiment de supériorité. Ainsi, ils rient plus volontiers quand un événement fâcheux ou incongru arrive à un tiers. Pour illustrer ce concept, on pourrait dire que Charlie Chaplin pratique un humour plus internaliste (dans la mesure où il est sa propre source d'amusement, son personnage est son propre sujet de blagues) alors que Buster Keaton, perpétuellement en lutte avec des éléments extérieurs, a davantage un humour externaliste[6].

Êtes-vous plutôt : Ah !, Ah ah !, aaaaaaah ah ah ah ah ou aaaaaaaaaah oooooooouuuuuhh, hhhhhiiiiiiiiiii hi hi hi hi hi aaaaaaaaaaaah ?

Qu'on soit intro ou extra, le rire est une fonction naturelle, organique, parfois incontrôlable (qui n'a jamais eu envie de pouffer dans des situations dramatiques ?). Il est un réflexe vital, et **nous avons tous une manière de rire qui nous est propre.** Certains vont rire en un souffle contenu à peine audible, d'autres vont expulser de l'air à plus de 100 kilomètres à l'heure et émettre un bruit de mobylette trafiquée ou de morse en rut. En humour comme en amour, il y en a pour tous les goûts. Après un minutieux travail d'enquête (et croyez-nous, l'enquête quand on s'appelle Colombo, comme Sandra, c'est une passion), nous avons identifié pour vous quatre grands archétypes de rieurs.

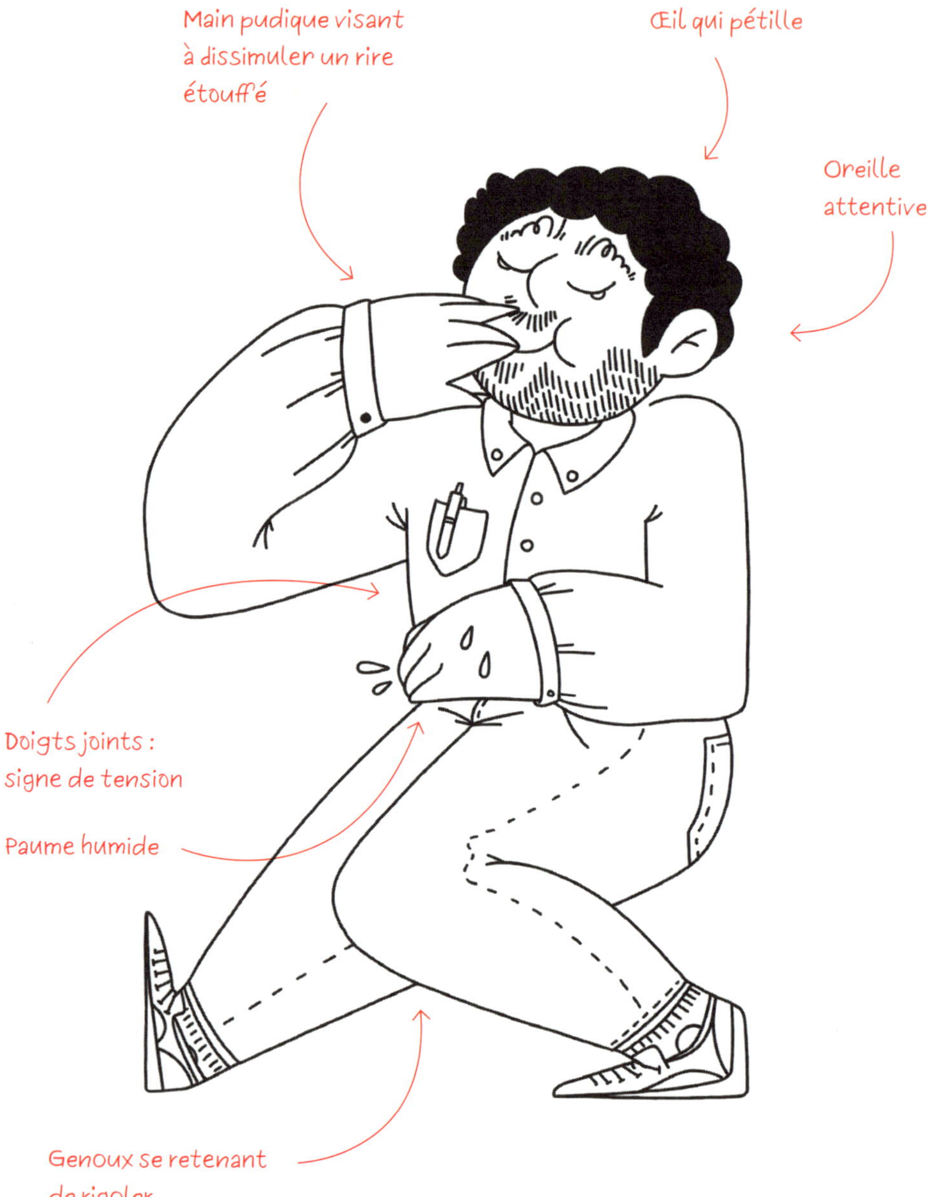
Main pudique visant
à dissimuler un rire
étouffé
Œil qui pétille
Oreille
attentive
Doigts joints :
signe de tension
Paume humide
Genoux se retenant
de rigoler

Le timide

TIMIDE *IS THE NEW* RIEUR

Nombre de décibels émis : 20 (soit l'équivalent d'un ruisseau qui s'écoule discrètement pour ne pas déranger).
Nombre de muscles faciaux impliqués : 2 (muscle tenseur des yeux + risorius).
Taux d'utilisation des zygomatiques : 0 %.
Nombre total de muscles impliqués : 25 (sur les 570 muscles répertoriés dans le corps humain.)
Sa devise : « À rire timide, visage sans ride. »
Ses représentants : Jacques Villeret, Paul Mirabel.

Ces derniers temps, les rieurs timides font une percée remarquée. Aidés en cela par les blagueurs catégorie timides (comme Thomas Wiesel) qui ont le vent en poupe et ont su faire de leur réserve naturelle un atout, voire une marque de fabrique.

En tant que professionnelles, on vous adore. Arriver à vous faire rire, c'est relever un challenge personnel. Votre rire, rare et furtif, c'est le Saint-Graal, c'est une flèche décochée dans le mille, c'est le point G trouvé du premier coup pour un néophyte. C'est bonheur, c'est plaisir.

Et parce que vous n'êtes pas « un client facile », on a grave envie de vous faire monter direct au septième ciel du rire. Merci d'exister. Il s'agit de ne pas cligner des yeux au mauvais moment, au risque de rater votre rire... qui, un peu comme la comète de Haley, fait de trop rares apparitions.

Oreille qui n'en perd pas une miette
Œil qui frise
Commissures des lèvres incurvées vers le haut
Cachette drôlement bien trouvée !
(Un petit) café (dans sa culotte)
Reste du corps également dissimulé

Le discret

L'ART DE RIRE SOUS CAPE*

Nombre de décibels émis : 52 (soit l'équivalent du bruit de fond d'un café à une heure de faible fréquentation).
Nombre de muscles faciaux impliqués : 8 (muscles tenseurs des yeux + risorius + zygomatiques, celui qui fait qu'on découvre nos canines + relâchement des masséters).
Taux d'utilisation des zygomatiques : 50 %.
Nombre total de muscles impliqués : 48.
Sa devise : « Pour rire heureux, rions cachés. »
Ses représentants : Jean-Pierre Bacri (amour éternel), Arielle Dombasle.

À un enterrement, vous êtes le seul à rester maître de vous quand le reste de la rangée essaie de contenir tant bien que mal quelques larmes... de rire. Eh oui, vous êtes le champion toute catégorie du rire discret. Quand vous riez, vous êtes doté d'un talent d'invisibilité.

Pour peu que vous pratiquiez l'humour pince-sans-rire, vous êtes définitivement l'agent secret de l'humour.

Pour nous, professionnelles de l'humour en salle, vous êtes un peu notre pire cauchemar : un bon client mais qui ne souhaite pas faire savoir qu'il passe un bon moment. C'est un peu comme... faire l'amour avec une personne impassible. Alors, on vous en supplie, lâchez-vous, faites-vous entendre. Ça nous fera plaisir... et ça aidera les blagueurs à vous en procurer davantage encore.

*Non, Corinne, y a pas vraiment besoin d'une cape, c'est une expression.

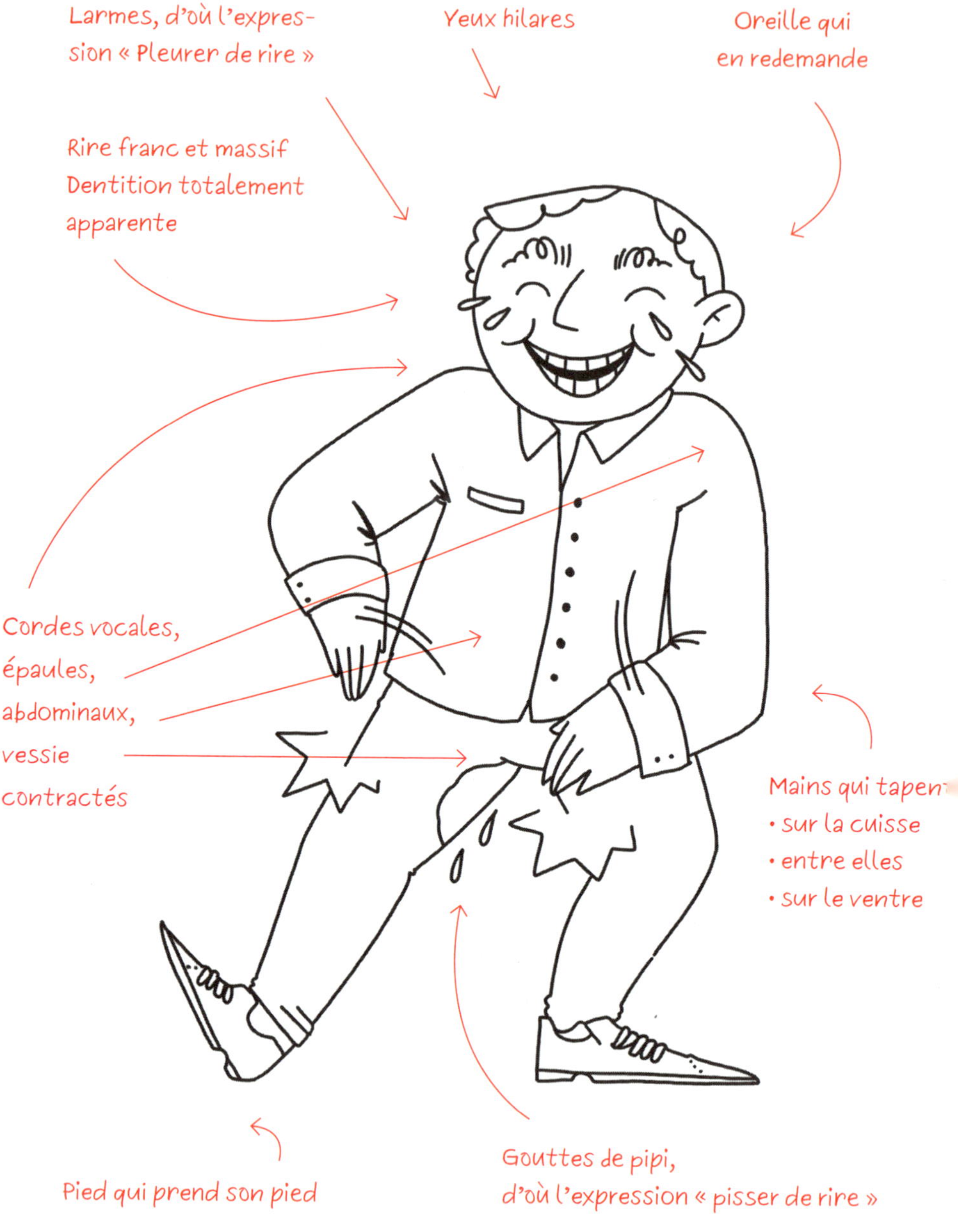
Larmes, d'où l'expression « Pleurer de rire »
Yeux hilares
Oreille qui en redemande
Rire franc et massif
Dentition totalement apparente
Cordes vocales,
épaules,
abdominaux,
vessie
contractés
Mains qui tapent
• sur la cuisse
• entre elles
• sur le ventre
Pied qui prend son pied
Gouttes de pipi,
d'où l'expression « pisser de rire »

L'hilare

POUR LE MEILLEUR ET POUR LE RIRE

Nombre de décibels émis : 70 (soit l'équivalent d'une classe de 6e à qui on donne un cours d'éducation sexuelle).
Nombre de muscles faciaux impliqués : 17 (soit la totalité des muscles faciaux impliqués dans le rire).
Taux d'utilisation des zygomatiques : 110 %.
Nombre total de muscles impliqués : 100 (soit la totalité des muscles du corps impliqués dans le rire).
Sa devise : « Quitte à mourir de quelque chose, autant que ce soit de rire. »
Ses représentants : Claudia Tagbo (et nous... mais bon, ça va moins vous causer).

Soyons franches, vu que nous appartenons à cette catégorie, nous risquons de ne pas être objectivement objectives. Parfois, avouons-le, notre hilarité dérange. Notre rire franc, massif, sonore voire tonitruant, peut contrarier. Mais, même s'il a pu nous valoir des regards courroucés ou des « vous pouvez rire moins fort ? » alors que nous assistions à un spectacle comique (véridique), nous n'en changerions pour rien au monde. Pourquoi ? Parce qu'il nous a également valu, à l'occasion d'un déjeuner passé à rire à gorge déployée avec une amie, un très touchant « que c'est bon de vous entendre rire ainsi » adressé par la dame âgée installée à la table jouxtant la nôtre, et dont nous avions pourtant dû bien pourrir le déj.

Et puis il nous a fallu du temps pour en arriver à assumer pleinement notre hilarité. S'esclaffer est, pour nous, l'un des signes que l'on s'assume, que l'on est joie, que l'on est là et bien là. Alors, on ne veut pas faire nos crâneuses, mais n'hésitez pas, prenez exemple sur nous. Le rire étant contagieux, nous comptons sur vous pour nous aider à rendre le monde moins morose (oui, rien que ça).

Oreille souffrant d'acouphène pour cause de rire à plus de 80 Db
Oreille qui entend des vannes très drôles d'un ami imaginaire
Camisole renforcée (coloris sur demande)
Port de « couche confiance » triple absorption recommandé
Dents déchaussées et mâchoire décrochée
Parlez plus fort, on ne vous entend pas !

Le flippant

TROP, C'EST TROP

Nombre de décibels émis : 110 (ça va, y a de la marge, vous êtes à 10 dB d'avoir les tympans qui saignent).

Nombre de muscles faciaux impliqués : Ne quittez pas, une opératrice va vous répondre.
Taux d'utilisation des zygomatiques : 280 %.
Nombre total de muscles impliqués : 4 498 (rappelons que le corps en dénombre 570).
Devise : « Plus on est de fous, plus on rit. »
Ses représentants : Jack Nicholson, le Joker.

Soyons claires. Si vous vous êtes reconnu·e dans ce portrait, de trois choses l'une :

1. Soit vous êtes sous l'emprise de substances et on ne vous félicite pas. Enfin si, quand même un peu, parce que vous êtes en train de faire genre « je lis un livre passionnant »... tout en riant très fort (personne ne doit être dupe, mais bel effort).

2. Soit vous voulez vous faire remarquer et on ne vous félicite pas. Car, que ce soit pour plaire à votre humoriste préféré·e (c'est gentil mais c'est compliqué à gérer pour la personne sur scène), à votre patron ou à votre *target* du moment, arrêtez. Personne n'est dupe. On voit bien (et malheureusement on entend beaucoup trop) que vous simulez.

3. Soit vous souffrez d'une maladie neurologique ou d'un trouble psychologique. Auquel cas, nous vous recommandons vivement d'aller consulter le plus vite possible. Vous et votre bonne santé recouvrée nous remercierez plus tard.

8.

Faites l’humour partout et tout le temps

“

Une journée sans rire
est une journée perdue.

”

– Charlie Chaplin –

Vous êtes maintenant équipé, grâce à tout ce que nous vous avons dévoilé, d'un solide bagage pour vous lancer sur la belle et longue (le plus possible, on vous le souhaite) route de l'humour.

Soyez rassuré, on ne va pas vous lâcher la main comme ça, pas question de vous administrer un coup de pied dans le derrière, vous souhaiter bon vent et vous regarder partir en agitant notre mouchoir (blanc et parfumé à la violette, bien sûr), votre baluchon de farceur-rieur sur l'épaule. Non, on va faire notre boulot d'*escort girls* de l'humour et passer en revue avec vous, le devoir chevillé au corps, les étapes de la vie, de la naissance à la mort, pour voir comment y mettre, à chaque âge, sa dose de rire.

Faites l'humour :

- avec vos gosses ;
- en couple ;
- en travaillant ;
- avec des vieux ;
- quand c'est dur.

À chaque tranche de vie, sa tranche de rire.

Faites l'humour avec vos gosses*

(c'est plus efficace que de les gronder)

« Nul n'ira jusqu'au fond du rire d'un enfant,
c'est l'amour, l'innocence auguste. »

Victor Hugo

*Big up à tous nos amis québécois !

L'humour chez les enfants est comme un rocher au chocolat au lait praliné : un délice dont on ne se lasse jamais. Un gamin qui rit aux blagues de ses parents et qui arrive à en faire met en joie tout son entourage. Nous allons profiter de ce chapitre pour vous faire, à vous parents, une demande très égoïste. Apprenez le rire et l'humour à vos rejetons ! Œuvrez pour l'humanité et formez les rieurs de demain !

Parce que non seulement, nous ne sommes pas à l'abri que l'avenir (attention *spoiler alert* !) ne soit pas que golri, mais en plus, nous voudrions continuer à exercer notre métier de spécialistes en marrade le plus longtemps possible et donc profiter de la future génération de rieurs.

N'ayez crainte, il n'est pas nécessaire d'avoir un bac mention humour pour apprendre le rire et les règles du savoir-rire à vos enfants.

Comment marmot devient rigolo ?

> « **Le bonheur va vers ceux qui savent rire.** »
>
> *Proverbe japonais*

L'humour est un apprentissage, tant physique que psychique.

Physiquement, tout d'abord. Le petit d'homme est une créature immature, au sens où son développement corporel n'est pas terminé lorsqu'il arrive sur terre. S'il devait arriver en état de fonctionnement autonome, les femmes passeraient environ 20 mois enceintes (merci mais non merci). Donc le cerveau d'un bébé fait à peine 30 % de la taille qu'il aura à l'âge adulte. Le rire et le faire-rire n'apparaissent pas tout de suite chez l'enfant, tout simplement parce que c'est physiquement impossible.

Certes, dès la naissance, les bébés sourient. Mais ces sourires ne sont pas liés à une situation comique ou ludique (inutile de tenter la blague du pingouin qui s'assied sur la banquise). Non. Ça n'a même rien à voir avec le fait que vous lui souriez en trouvant que c'est la plus belle chose du monde. Il faut plus envisager ça comme un réflexe. Oui, c'est décevant. Un peu comme lorsqu'on découvre que les câlins de notre chat adoré n'ont pas grand-chose à voir avec l'affection qu'il nous porterait*, mais plus avec une odieuse manœuvre visant à mettre à sa disposition, au choix : des croquettes, des gratouilles, une cuisse pour y faire ses griffes.

*Nous employons à dessein le conditionnel, car il se peut que les chats soient en réalité les plus grands manipulateurs de l'histoire et s'en tamponnent bien les coussinets de notre amour.

Heureusement, à partir de 6 semaines le nourrisson peut sourire réellement en réponse à une personne qui lui sourit. C'est là qu'on voit nettement la supériorité du bébé humain sur le chat (qui lui continuera ses odieuses manigances jusqu'au bout).

À partir du 4e mois, le nourrisson commence à rire

Faire rigoler un bébé de moins de 6 mois est assez simple, car son cerveau est loin d'être encore au top de son développement. Vous pouvez utiliser des stimuli kinétiques, ce qui est une façon chic de dire : lui faire des bisous sur le ventre, des chatouilles en riant soi-même (c'est la fameuse « la petite bête qui monte qui monte qui monte »...).

L'important pour que ça fonctionne, c'est que le bébé se sente en sécurité et ait confiance en « l'amuseur ». Les stimuli kinétiques, c'est un peu comme quand on est adulte et qu'on joue à se faire peur dans des manèges à sensations. Ce n'est marrant (ou pas tellement, selon les goûts de chacun) que s'il n'y a pas de risque réel, si tout est « sous contrôle ». Entre 6 et 12 mois, le cerveau du bébé commence à s'habituer au langage (même s'il ne comprend toujours pas grand-chose... quand on vous dit qu'ils sont lents à la détente...). Ces interactions physiques fonctionnent alors encore mieux si on y ajoute des « mots-sons » : tut-tut, pouet-pouet, prout-prout. Ces onomatopées glissent de l'incongru au milieu du familier par le biais du langage.

C'est fou quand même de se dire que tut-tut, pouet-pouet, prout-prout sont essentiels à la formation de nos rieurs de demain, non ? C'est là également qu'on promet-jure-crache de ne plus jamais se moquer de nos copains nouveaux parents qui font ça. Après leur second semestre, les bébés commencent à vous trouver assez lourds avec votre petite bête qui monte qui monte et votre imitation moisie d'un klaxon du XIXe siècle. Le moment est venu de rajouter des stimuli visuels. Et là, c'est le nouveau combo gagnant : incongruité, surprise et nouveauté. Bingo ! Les « je suis caché »/« je ne suis plus caché » en se dissimulant derrière un mur, une porte voire tout simplement ses mains (car oui, profitez-en, les bébés sont encore facilement dupables... plus que les chats en tout cas) fonctionnent également très bien.

C'est grâce à toutes ces petites choses incongrues que vous faites entrer de la surprise, de l'ailleurs dans le monde de l'enfant. Et en lui montrant que l'ailleurs peut être cool, chouette et rigolo, vous lui donnez confiance en la vie. **Lui apprendre à se marrer, c'est le familiariser avec l'insolite et la manière d'y réagir.** Et puis avouez qu'un bébé qui éclate de rire à vos facéties, c'est quasi magique, non ?

Du bébé rieur à l'enfant blagueur

Vers 15 mois (enfin !), l'humour proprement dit prend forme. L'enfant comprend (enfin !) les formes basiques de l'humour et se met lui-même à en faire (ouf !). Il imite, fait des mimiques, sait attirer l'attention. On peut donc dire que c'est à partir de là que tout se joue pour les futurs rieurs. Attention, tadaaaaam, musique qui fait peur, lumières qui angoissent... Révélation : c'est à vous de jouer, chers parents ! Oui, après avoir créé le climat favorable au développement de l'humour de votre chérubin, vous allez dorénavant influer pour de bon sur le destin de l'humanité en fabriquant les adultes de demain pourvus d'un bon gros sens de l'humour (la vache ! La pression !). Et ce, en encourageant vos enfants dans la voie de l'humour, tout simplement en riant à leurs blagues. Oui, même si elles sont nulles.

Alors bien évidemment, on encourage dans la limite du raisonnable, hein. Les blagues de type « maaaamaaaaan, j'ai mis le chat dans la machine à laver parce qu'il était sale et lancé le programme laine pour pas qu'il rétrécisse » sont évidemment à sanctionner. Développer le sens de l'humour de sa progéniture ne veut pas dire laisser la porte ouverte à toutes les fenêtres. Ceci dit, si un enfant de 15 mois sait mettre une machine à laver en route et connaît le programme laine, il s'agit très probablement d'un génie, et là, vous allez avoir d'autres soucis. Mais ce n'est pas l'objet du présent ouvrage.

Un bébé va se sentir drôle parce que le plus grand que lui qui le regarde va lui signifier qu'il est drôle. Comme pour beaucoup d'autres choses dans la vie, nous ne sommes pas tous égaux devant le rire. Les bébés qu'on encourage vont prendre confiance. À l'inverse, ceux qui se heurtent à un « public » difficile vont assez vite se décourager et considérer que l'humour est un jeu trop risqué et trop aléatoire. Quoi de pire que de se prendre un bide quand on espère attirer l'attention de ses parents et créer de l'interaction avec eux ? Faire un four devant un public qu'on croyait déjà conquis, c'est mettre fin direct à sa carrière d'humoriste en herbe. En résumé, **il y a de fortes chances que votre progéniture abandonne vite toute velléité humoristique si vous êtes difficiles à dérider.** Ayez foi en lui et dites-vous que peut-être que les parents de Picasso trouvaient ses dessins vraiment ratés (« oh comme c'est beau, mon chéri, comme elle est jolie cette dame orange et verte avec trois yeux et deux nez »). En grandissant et en expérimentant l'humour, votre bambin va vite se rendre compte de plusieurs choses essentielles :

- Si l'humour sert parfois à désamorcer les conflits, il peut aussi jeter de l'huile sur le feu. C'est quitte ou double. Face à un parent excédé, la même blague peut faire éclater de rire ou de colère. Il faut apprendre à doser et à sentir le moment. On ne peut pas faire de l'humour sans arrêt.

- L'humour c'est du lien. Il naît d'une relation et s'épanouit dans l'interaction. Il ne fonctionne que si on a respecté et compris les règles interactionnelles avec les proches et les règles socioculturelles communes.
- Ce qui fait se bidonner dans une famille ne fera pas forcément marrer dans une autre. Être drôle, c'est donc savoir s'adapter à son environnement et en capter les subtilités.

L'apprentissage de l'humour est un long et beau chemin et on ne perd jamais son temps à faire de l'humour avec son enfant. S'il n'est pas drôle, on lui apprend à le devenir. S'il l'est, à le rester et à l'être encore plus.

Bambins ou bambines : Qui rit chou ? Qui rit rose ?

> « **Les hommes ont un cerveau et les femmes une cervelle.** »
>
> *Mot d'enfant (anonyme)*

Au cours de nos recherches, nous avons trouvé une étude qui nous a semblé très intéressante à partager avec vous. Certes, elle est un peu vieille, mais elle nous semble malheureusement encore d'actualité. Paul McGhee est un chercheur américain qui a consacré sa vie à comprendre comment fonctionne l'humour. En 1979, il publie les résultats d'une étude dans laquelle il montre qu'**il y a une différence dans l'approche du rire selon le sexe.** Dès 3 ans, les petits garçons se lancent plus facilement que les petites filles dans ce qui est susceptible de déclencher l'hilarité : les grimaces et les pitreries diverses et variées. À partir de 6 ans, lorsque le développement cognitif des enfants leur permet de comprendre les jeux de mots, on observe que les garçons utilisent plus de mots vulgaires, racontent des choses fausses et incongrues et en tirent un grand plaisir. Ils rient également beaucoup plus quand ils jouent avec d'autres, tandis que les filles, elles, ont plutôt tendance à sourire. Précisons que le sourire n'est pas un rire « atténué », mais qu'il sert à apaiser l'environnement.

Alors pourquoi cette différence ? Peut-être parce que les petites filles naissent dans des roses et les petits garçons dans des choux. Ou, plus probablement, parce que les petites filles prennent leur mère comme modèle et les petits garçons leur père. Et comme les mamans ont souvent (encore) en charge le domaine privé (la gestion de la maison, les enfants...), elles ont moins d'opportunités d'exprimer leur potentiel comique en société. Papa brille et Maman astique.

Selon Bruno Humbeeck, un psychopédagogue dont on vous invite à découvrir le travail qu'on aime beaucoup, sur les sites de rencontres ou dans les agences matrimoniales, les femmes cherchent le plus souvent des hommes avec le sens de l'humour *(et c'est vrai que personnellement, on trouve qu'un bon gros sens de l'humour est beaucoup plus érotique que de bons gros pectoraux gavés de protéines en poudre et d'heures de soulèvement de fonte dans une salle)*. Les femmes aiment rire, les hommes faire rire.

L'ado est-il un enfant comme les autres ?

Las, après l'eldorado de la petite enfance où les courses-poursuites effrénées à base de « je vais te manger », les séances de guili et les imitations (même très mauvaises) suffisaient à déclencher l'hilarité de la chair de votre chair, vient la traversée du désert de la marrade en famille... Voici venu le temps béni de l'adolescence.

Chez les ados tout se transforme : leur chambre en capharnaüm fétide, leur peau en champ de mines, leurs cheveux en huile de friture (rayez la mention inutile, si toutefois il y en a une). Aucune raison que l'humour échappe à cette règle intangible.

> **« J'ai souvent un moins bon contact avec les enfants qu'avec les animaux, d'ailleurs avec mes enfants, on ne s'entend pas bien, ils me mordent. »**
>
> *Jean-Marie Gourio*

Les ados rient plus avec leurs pairs qu'avec leur père*. Leur identité se construit dans un mouvement permanent** d'opposition aux modèles parentaux et d'identification à des modèles sociaux plus conformes à ce qu'ils souhaitent devenir.

En résumé, tout est plus cool que les parents.
Et surtout, tout est plus drôle.
Et surtout, surtout, les parents ne comprennent plus rien à ce qui fait se gondoler la grande saucisse boutonneuse qui se tient (mal) devant eux (vous noterez que nous avons une vision très chouette de l'adolescence).

À cette période, sur l'humour comme sur le reste, pour les parents, le terrain est bien souvent miné et il faut avancer avec précaution.

*Oui, Corinne, c'est également valable pour la mère mais ça sonnait moins bien.

**Même si ça se voit moyen puisqu'ils semblent faire corps avec le canapé sur lequel ils sont avachis.

L'ado vit un changement d'intérêt. Il passe d'un stade anal (pipi, caca, prout) à un stade génital. Les ados commencent à rire du sexe (d'où, par exemple, le succès de Titeuf et de son *Zizi sexuel*). Mais même si cet intérêt perdure jusqu'à l'âge adulte (car oui, les blagues sexuelles sont un invariant culturel : partout et toujours on a ri du sexe. Pourquoi donc croyez-vous que ce livre file cette métaphore ?), aucun ado n'aime plaisanter à ce sujet avec ses parents. C'est même quelque chose qui le met tellement mal à l'aise qu'il préférerait se crever les yeux avec un CD d'Henri Dès. **La plus grande hantise d'un ado, c'est de finir comme ses parents.** Donc hors de question de continuer à rigoler avec ces boloss, et puis quoi encore ? Ne le prenez pas mal, ça n'a rien de personnel, c'est structurel. Ça va passer. Vous en avez pour un certain temps dont la durée, non définie, varie d'un individu à l'autre. Entre deux années et... beaucoup, beaucoup plus. Bon courage ! Pour vous, parents, ce n'est pas facile, mais dites-vous bien que pour eux non plus, cette période de transition n'est pas super golri. L'adolescence est l'âge absolument génial où on découvre à la fois les joies du Biactol, des premières déconvenues amoureuses et du triptyque infernal qui nourrira pour toujours toutes nos angoisses :

- Incertitude
- Finitude
- Solitude

Un programme moyennement réjouissant, on en convient. Vu sous cet angle, c'est vrai qu'on comprend mieux la propension des ados à mettre le mot « grave » à toutes les sauces... c'est parce que, pour eux, la période est grave grave (c'est-à-dire plus grave que grave tout court mais quand même grave moins que méga grave). Les parents sont grave nases, les cours sont grave chiants et ils ont globalement grave pas envie de grand-chose. Il est probable que tout soit grave parce que le regard qu'ils portent sur ce qui les entoure l'est. C'est là qu'intervient l'humour (ouf !). Rire permet de commencer à trouver des voies pour apprivoiser toutes ces angoisses (en revanche, il ne fonctionne pas pour soigner l'acné, pour ça, on vous recommande d'aller consulter un dermato).

Mais puisque l'humour a été banni de la maison (où les parents sont trop grave craignos), il ne fonctionne plus qu'entre pairs qui sont dans le même cas, au même stade de la découverte. Il renforce (grave) le sentiment de connivence et confère une fonction identitaire (grave) forte à un groupe qui partage le même sens de l'humour. D'où l'importance des copains, des coups de fil qui durent 1 000 ans, des groupes WhatsApp et autres lieux, réels ou virtuels, d'échanges. Parents, tenez bon ! Ce n'est pas une raison pour lâcher l'affaire. Continuer à manier l'humour dans un cadre sécurisant, bienveillant et familier peut éviter bien des désagréments à votre ado.

Le complexe du homard

Soyez précautionneux et allez-y avec des pincettes. Vous avez devant vous une personne en construction, pour ne pas dire en chantier, qui n'est plus ce qu'elle était et n'est pas encore ce qu'elle sera. Un ado, ça ressemble à une notice de montage d'un meuble Ikea, on n'y comprend pas toujours grand-chose. Et parfois, il manque des pièces.

Faites preuve d'indulgence, chers parents. Il ne fait pas exprès l'ado. Il expérimente le changement de carapace. Ce que Françoise et Catherine Dolto ont théorisé en 1989 dans *Paroles pour adolescents, ou le complexe du homard*. Tout comme le homard qui doit quitter sa carapace devenue trop petite, **l'adolescent doit quitter l'enfance pour aller vers l'incertitude de l'âge adulte.** Entre ces deux états, il n'a plus de carapace et se sent (grave) en danger. Il sait qu'il doit s'en refaire une, bien solide, une qui lui permettra d'affronter déclarations de revenus, licenciements et autres joyeusetés de l'âge adulte. Mais il ne sait pas comment faire.

Sans coquille, tout agresse l'ado. **Ce qui le faisait rire auparavant le désespère maintenant.** C'est pour ça que votre fameuse anecdote « tu te rappelles la première fois que tu nous as raconté la blague du pingouin qui respire par le cul-cul, qu'est-ce qu'on a ri » ne fonctionne plus. Lui-même ne comprend pas pourquoi (il y a deux jours, il l'adorait cette blague du pingouin). Et ça lui fout grave le seum (parce qu'en vrai, elle est vachement drôle cette blague du pingouin).

Eh oui, malheureusement pour vous, parents, c'est au moment où il est le plus vulnérable, tout mou sans sa coquille, qu'il est aussi le plus ~~pénible~~ ~~chiant~~ compliqué à gérer. Peut-être êtes-vous tentés de l'enfermer dans un placard le temps qu'il termine tranquillement sa mue, tellement il peut être complexe justement... Mais comme la séquestration est (on vous le rappelle) strictement interdite par la loi, l'humour apparaît comme un bon moyen de faire baisser la pression (surtout la vôtre). C'est tentant. D'autant qu'il y a sujet à rigolade.

Si, dans les séries américaines, les ados introvertis à problèmes ressemblent à des dieux grecs avec leur six-pack (c'est dorénavant comme ça qu'on appelle les abdos. Oui, la plaquette de chocolat, c'est pour les darons), votre Jean-Kévin, votre ex-merveilleux bébé, a beau lui aussi être introverti et plein de problèmes, il n'a pour autant pas pris un seul muscle suffisamment instagrammable pour être honnête. À bout de nerfs et de patience, vous êtes très tenté de railler ce physique de coton-tige malingre. **N'en faites rien, par pitié !** Ce n'est surtout pas le moment de faire des blagues sur ça, les parents ! Votre petit homard est à poil (même s'il en a tout juste trois au menton ou à peine plus sur la minette), et personne au monde n'a envie qu'on le vanne quand il est tout nu. Parce qu'on se sent vulnérable et complexé.

Avec un ado, plus qu'avec n'importe qui, l'humour ne s'impose pas, il se propose. Alors, essayez des trucs et voyez si ça fonctionne. Respectez ses goûts du moment, même s'ils sont aux antipodes des vôtres. Il en va des blagues comme de la musique. En général, les ados détestent la musique qu'écoutent leurs « darons ». Et les parents méprisent la musique que leurs ados écoutent (même si, on en convient, l'écoute en boucle des albums de Jul est susceptible de déclencher des envies de mépris).

Rire en meute

Comme nous l'avons écrit dans les premiers chapitres de ce merveilleux ouvrage, l'humour peut aussi bien être une arme de séduction que de destruction massive.

Les ados découvrent (en tout cas, expérimentent) que son utilisation peut être une stratégie très efficace pour établir sa supériorité, contrôler les autres et même les embarrasser. Or, autant il est fréquent de se faire punir si on insulte quelqu'un verbalement, de même que si on l'agresse physiquement, autant utiliser l'humour pour ridiculiser quelqu'un est socialement accepté (même si moralement discutable), notamment chez les adolescents. C'est même perçu comme une marque de vivacité d'esprit et d'intelligence. Et malheureusement plus valorisé que d'être bon en maths. À tel point que **bien des épisodes de harcèlement scolaire commencent par ce que les agresseurs appellent de l'humour** mais que les agressés appellent de la malveillance.

Et cerise sur le pompon de la mauvaise blague, réagir à ces soi-disant boutades par de la colère enferme la victime dans une spirale infernale : « T'as pas d'humour, t'es nul·le. » C'est marrant, ça nous rappelle vaguement quelqu'un qui a imposé son hégémonie sur une chaîne de télévision à grands coups médiatiques de blagues pourries d'adolescent dominant… Comme dans une meute, il faut se conformer au modèle social dicté par le dominant pour être accepté. **Pour intégrer le groupe, il faut donc railler la personne qui a été désignée comme souffre-douleur.** C'est ce phénomène de meute qui explique, notamment, le succès du sus-cité animateur télé qui, dans son émission, entouré de ses disciples hilares, fracasse l'humanité des autres à grands coups de « vannes » dégradantes. Et si un loup solitaire a le malheur de manifester son malaise face à l'humiliation cathodique qui se déroule sous ses yeux, il se verra menacé de disqualification immédiate par le truchement d'un argument massue : « Mais, ce sont des blagues, achetez-vous de l'humour. » Prière de rentrer dans le rang direct. Tout le monde s'esclaffe alors, de peur d'être rejeté… et de ne plus faire partie de la meute.

La dérive est tentante pour les ados. La meilleure défense n'est-elle pas l'attaque quand on se sent si vulnérable sans sa carapace ? Et puis, il est si facile de blesser un congénère quand on sait soi-même très bien où ça fait mal. D'où l'importance de continuer à pratiquer « le bon rire » avec ses ados. **Continuez à leur montrer et à leur faire entendre que, pour divertir, pas besoin de détruire.** Évitez qu'ils ne soient dégoûtés de l'humour parce qu'ils n'en verront plus que le côté potentiellement dangereux et perverti. Donnez-leur envie de se marrer, de bon cœur et avec plaisir.

Si vous ne le faites pas pour eux, faites-le pour vous, chers parents. Ces enfants que vous avez conçus vont vous faire de longues années d'usage (c'est en tout cas tout ce qu'on vous souhaite). Avez-vous vraiment envie de partager de nombreux repas en famille, des vacances, des parties de Monopoly ou de tarot avec des pisse-froid allergiques à l'humour ?

Alors essayez de faire rire vos enfants, petits et grands, au moins une fois par jour. Que risquez-vous, à part qu'ils fassent pipi dans leur culotte ? Rigoler en famille, c'est créer un bouclier contre les vicissitudes de la vie, un petit cocon de bonheur et une plus grande adaptabilité au monde du dehors et à l'avenir qui, lui, fait souvent des sales blagues.

Les premiers souvenirs d'humour de...

Philippe Geluck

Dans ma famille, l'humour est là depuis toujours. C'est un atavisme et une nécessité. Il avait pour vertu de détendre l'atmosphère ou simplement de rester détaché par rapport aux choses qui semblaient graves.
Et dans le domaine, mon grand-père a connu ce qu'il fallait puisqu'il a fait les deux guerres mondiales. Il a passé quatre ans dans les tranchées en 14-18, et quatre années en camp de prisonnier, lors de la suivante. Et il est resté farceur toute sa vie.
Pendant les années de guerre, il faisait rire ses camarades avec des blagues qu'il nous racontait et qui nous faisaient rire nous-mêmes. Donc, je ne pouvais pas échapper à cette « malédiction familiale ». J'emploie ce terme mais je pense qu'il s'agit plutôt d'une bénédiction.
L'humour était plutôt une affaire d'hommes. Je garde le souvenir de fous rires inénarrables avec mon père.
Ma grand-mère s'intéressait à plein de choses, mais pas beaucoup au rire. Ma mère adorait rire mais ne produisait pas d'humour. Elle riait même parfois un peu faux, quand il y avait un moment de difficulté, c'était comme une arme pour se protéger. C'était un rire qui nous mettait un peu mal à l'aise.
Avoir de l'humour signifie deux choses : pouvoir en produire et pouvoir le comprendre. Certains sont capables de l'un et pas de l'autre.

Bruno Solo

Ma mère était très drôle et mon père pratiquait un humour distancié que je trouvais très marrant. Assez jeune, j'ai commencé à faire rire ma famille, puis mes copains, puis une classe entière.

Un jour, je devais avoir 8 ou 10 ans, j'ai découvert que je pouvais faire rire quelqu'un que je ne connaissais pas.
J'étais au restaurant avec mon père et un ami à lui. Au menu, il y avait des petits éperlans frits. À un moment, le serveur répond au téléphone. Je le vois galérer pour entendre ce qu'on lui disait à l'autre bout du fil : « Allô, allô ?? » et là j'ai dit : « Il doit y avoir de la friture sur la ligne. » Une blague qui m'avait été inspirée par Gaston Lagaffe.
Le pote de mon père a beaucoup ri.

Nicole Ferroni

L'humour est venu à moi par ma famille. Mon père est très pince-sans-rire et ma mère pratique un humour absurde sans le savoir. Par exemple, en voiture, on laisse passer les piétons et elle dit : « Statistiquement, les gens sont plutôt moches, non ? »

Petite, au Maroc où je suis née, j'avais des cassettes vidéo des films de Louis de Funès. C'est lui qui m'a mis « la graine de l'humour » et qui m'a donné l'envie de devenir comédienne. Il m'a appris que c'était possible d'en faire trop et que ça fonctionne quand même.

Bertrand Usclat*

C'est à l'école, quand on a dit de moi que j'étais drôle, que je le suis devenu. C'est là que je me suis dit « tiens, ça peut être un objet d'étude ». Pour moi, l'humour, c'est prendre de la distance vis-à-vis des choses. C'est un réflexe. En remettant en question le pouvoir, je me suis rendu compte qu'on en obtenait.

*Broute, Yes vous aime

Manu Payet

Je viens d'une famille tellement stricte que je me suis donné pour mission d'égayer ce foyer. Ma famille était très catholique donc, dans leur conception, la fantaisie c'était du travail pas fait, pas du tout une vertu.
Quand on s'apprêtait à sortir pour aller à la rampe de skate, ma grand-mère disait : « Qu'est-ce que vous avez besoin d'aller quelque part ? Pourquoi vous ne vous asseyez pas et vous ne prenez pas un Bescherelle ? » Au contraire, moi je dis : « Levez-vous et allez voir comment ça se passe ailleurs, faites des vagues ! »
Moi, j'ai eu besoin de me révolter. J'ai eu besoin de voir qu'on pouvait rire sans que Dieu nous punisse. Pour moi, rire, c'était célébrer le fait d'être en vie.
Je regardais beaucoup de films aussi. Ceux de Louis de Funès par exemple. J'étais un petit garçon assez introverti et là j'ai compris ce que c'était qu'être un entertainer*.*
Quand j'ai compris le côté social de pouvoir être drôle, j'y suis allé à fond. Je me suis dit : « Le kiff va pas arriver tout seul. » J'ai compris qu'il allait falloir faire un effort pour devenir drôle.

Pour mes parents, j'étais tellement différent qu'un jour mon père m'a demandé si j'étais gay. Parce qu'il ne comprenait pas mon comportement. Ça a même été presque pire pour lui que je lui dise que non. Ma mère, elle non plus, n'a pas toujours compris : « Faut toujours que tu ries de tout, que tu tournes tout en ridicule. » Dorénavant, je lui réponds : « Faut toujours que tu voies tout sérieusement » !

Claudia Tagbo

Les premières personnes que j'ai fait rire, ce sont mes parents. Pour désamorcer une punition qui allait faire mal. Le besoin de rire pour moi, ça vient des blessures, des jouets que tu n'as pas, quand tu n'as pas la lumière sur toi et que c'est l'émeute dans ton corps.

Rire, c'était un besoin de me révolter, de montrer à mes parents que Dieu n'allait pas nous punir parce qu'on avait ri. Pour moi, célébrer le fait d'être en vie, c'était rire, chanter, danser, et pas trimer, se taire, ne pas faire de vagues et obéir aux règles. J'ai commencé à faire rire pour ne pas frapper. Et pour attirer l'attention. C'était une bouée de sauvetage, j'étais la fille la plus ronde, l'éternelle bonne pote, celle qui mettait l'ambiance. À l'école, avec Mme Normand, j'étais devant, même si j'étais la plus nulle. J'étais la grande gueule, celle qui monte au front.

J'ai gardé ça. Pour moi, faut avoir les couilles de monter sur scène, c'est de la boxe. À chacun son style de boxe.

Faites l'humour en couple

> « L'amour, c'est un coup d'œil,
> un coup de rein et un coup d'éponge. »
>
> *Sarah Bernhardt*

N'y allons pas par quatre chemins. Si Gainsbourg chante que l'amour physique est sans issue, c'est qu'il y a une raison. Si Beigbeder écrit que l'amour dure 3 ans, c'est aussi qu'il y a une raison.

Et la raison, on vous l'affirme, c'est qu'il vaut mieux miser sur l'humour que sur le Q pour faire durer son couple. Et voilà, hop merci au revoir, on vient de bousiller tout le travail de milliers de rédactrices de magazines féminins et de provoquer un krach des actions Pfizer (qui fabrique le Viagra).

Nous en sommes persuadées, **un couple solide est un couple qui rit.** Et réciproquement. Rire ensemble, c'est le ciment du couple (même si ça ne vous dispense pas de pratiquer ardemment la bagatelle, bien entendu).

Comme le rire, le couple peut être une source de bien-être. Alors, imaginez comme on est au top si on combine les deux ! On sait que le couple peut aussi être le terrain de la manipulation voire de la violence et de la destruction. En bref, un enfer. C'est malheureusement vrai. On entend arriver, au loin, la team Con-cernée sur les grands chevaux de la déconstruction du schéma hétéronormé du couple. Oui. On est au courant que TOUS les humains ne sont pas en couple (non, certains sont en trouples) et qu'ils s'en portent très bien.

Alors oui, mais ce n'est pas l'objet de ce chapitre. Ici, nous allons nous poser LA question : « Pourquoi est-il essentiel de golri avec ceux qui partagent notre lit ? »

> **« Avec les femmes, il y a trois étapes : tu les fais rire, tu les fais jouir, tu les fais chier. Et il ne faut jamais passer à la troisième étape avant d'avoir franchi les deux premières. »**
>
> *Patrick Timsit*

Le cycle du couple

Étape 1 : La pêche

Au début, il n'y avait rien. Il a fallu attendre cette étincelle, la rencontre entre deux univers complètement parallèles mais pourtant irrémédiablement attirés l'un par l'autre pour que se crée cette troisième entité : le Couple. Et pour que cette étincelle ait lieu, il faut que l'un fasse tomber l'autre dans ses filets. Grâce à la séduction. Ou à son gros portefeuille, ou à son statut social… Nous proposons, dans un souci constant de clarté à votre égard, de prendre pour hypothèse de base un cas de figure simple : un couple qui se forme sur la base d'un sentiment amoureux réciproque, si toutefois vous le voulez bien (et si vous ne voulez pas, c'est tant pis, parce que c'est nous qu'on décide).

Même si nous avons déjà quelque peu effleuré la question de la séduction en nous demandant si « femme qui rit à moitié dans ton lit » et en vous prodiguant nos meilleurs conseils en la matière dans « Laissez-vous guider… », nous le réaffirmons ici haut et fort : **l'humour est un formidable outil pour séduire.**

Dans cette partie (fine) consacrée au cycle du couple, nous proposons d'aller un peu plus loin. Pour ce faire, nous aimerions partager avec vous quelques considérations anthropologiques tirées d'un mémoire formidable sur lequel nous sommes tombées (aïe) et qui dépiaute tout un tas d'études pour établir « les origines évolutionnistes du rire et de l'humour ». Ah ben oui les gars, on a bossé !

Selon Steven Légaré, auteur dudit mémoire qui, malgré son patronyme, ne s'est pas perdu en route, l'humour serait indicateur d'un bon capital génétique. Car tout comme l'intelligence, la créativité et les talents artistiques, faire des blagues nécessite des capacités cognitives. Capacités qui peuvent s'amoindrir de génération en génération si on se reproduit entre gens trop proches génétiquement (depuis le temps qu'on vous le dit). Et donc si vous êtes apte à l'humour, cela indique que vos aïeux n'ont pas fricoté entre cousins germains et ça c'est bien.

Bref, rire et faire rire montre au monde que vous avez un sacré beau capital génétique tout bien mélangé (ce qui constitue un bel atout pour séduire).

Or quelle est la quête ultime pour un être humain sur terre ? Partager son capital génétique. Car nous sommes des animaux. Et les animaux ont trois grandes occupations : échapper aux prédateurs, manger et perpétuer l'espèce. C'est comme ça depuis la nuit des temps. Inscrit au plus profond de notre cerveau reptilien.

Et même si on a super évolué et qu'on en a profité pour inventer des trucs formidables comme l'iPhone et les Marseillais à Dubaï, on n'en est pas moins là pour faire des bébés. De préférence avec quelqu'un qui a des gènes complémentaires aux nôtres, afin de peupler cette planète avec des gens de qualité supérieure, puisqu'ils nous ressembleront.

Pour faire des mioches, nous devons, nous mammifères, trouver un partenaire de sexe différent (tout doux les Con-cernés. On ne fait pas de transphobie, on parle génétique). Seulement voilà, pour multiplier ses chances de pécho le patrimoine (ou matrimoine) génétique, le mammifère doit ruser. Il doit séduire. Et vu que **le mammifère humain est doué de parole, il ruse avec des mots.** S'il était un paon (pas un mammifère donc), il pourrait faire la roue afin de montrer sa belle queue, ça serait bien pratique. Mais ce n'est pas le cas.

On ne vous apprendra rien en affirmant que, dans le règne animal, la compétition est rude. La femelle mammifère, qui plus est placentaire (c'est-à-dire, nous, Mesdames), produit beaucoup moins de « matériel génétique » que le mâle. En effet, non content d'être plus long à maturer, l'ovule n'est, de surcroît, disponible qu'en un seul exemplaire par mois. En revanche, côté spermatozoïdes, en veux-tu en voilà, il y en a des milliards. Des rayons entiers, de toutes les couleurs, à tous les parfums, de toutes les formes, avec flagelles, sans flagelles, à flagelles rétractables, allégés en sucre, en pack familial. Bref, les spermatozoïdes, c'est un peu l'équivalent du rayon yaourts au supermarché. On a l'embarras du choix. Une fois que la fécondation a eu lieu (rappelons que cette opération est le fruit d'une sélection rigoureuse du spermatozoïde le plus viable par l'ovule et non le résultat victorieux d'une course de têtards dopés aux amphét' comme se plaît à le faire croire la légende populaire), c'est à la femme qu'incombe la lourde charge de faire grandir le fœtus dans son propre corps pendant 9 mois. Puis (possiblement) de l'allaiter. C'est aussi à elle qu'échoit la grande responsabilité d'élever la petite chose gluante et sanguinolente qui est sortie par son vagin en foutant en l'air, au passage, une partie de la déco. (Nous vous rappelons que les autrices de cet ouvrage ont choisi d'être nullipares*, d'où une vision peut-être parfois un peu « désenchantée » de l'accouchement et de la maternité, qui, on n'en doute pas une seconde doivent être des moments formidablement... heu... sympas. Bref.) C'est la somme de toutes ces tâches essentielles accomplies par les femmes qui explique qu'elles sont grassement payées pour les accomplir. Ah ! Attendez une seconde. On nous dit dans l'oreillette que non, les femelles humaines ne sont pas rémunérées pour l'ensemble de ces services vitaux rendus à l'humanité. La personne qui cause dans l'oreillette ajoute, sur un ton goguenard : « Ahahah elles sont marrantes les deux nullimachins, là ! »

Cette théorie, appelée « principe de Bateman » (pas la chauve-souris qui sauve le monde, le généticien britannique du XXe siècle) explique que les femelles sont une ressource très convoitée. Donc, quand on est un mâle, il faut faire preuve d'attractivité pour réussir à acquérir cette ressource limitée. C'est d'ailleurs ce qui explique la propension masculine à aller voir ailleurs si on y est. En effet, devant le peu d'effort que font les femelles pour être plus dispo (9 mois pour fabriquer un bébé, c'est long, beaucoup trop), le pauvre petit mâle flippe sa race (c'est le cas de le dire) à l'idée que son merveilleux capital génétique finisse dans un Kleenex (ou en poudre en cas de non-utilisation prolongée) plutôt que d'aider à la qualité de vie sur terre en peuplant la planète de tout un tas de mini-lui.

Ce n'est donc pas de sa faute s'il collectionne les ressources limitées (*i.e.* : les femelles), mais celle des susdites femelles qui font rien qu'à pas être une ressource assez dispo.

Et comment peut-il faire, le pauvre mâle, pour être attractif ? Eh bien, il peut faire rire. Notez qu'il peut aussi être beau, riche, intelligent ou charmant. Si vous trouvez un prince réunissant toutes ces qualités, foncez. Car on apprend, toujours dans ce merveilleux mémoire d'anthropologie, que le rire est la stratégie adéquate pour pécho. Et ça, que ce soit pour une nuit ou une vie. Pour trouver l'amour, vous savez ce qu'il vous reste à faire : l'humour.

*Se dit d'une femme qui n'a jamais accouché. Qui est donc nulle et qui part.

Mesdames, ne croyez pas que, de notre côté, nous serions cantonnées à n'être que de pauvres ressources, certes convoitées, mais quand même bien crucruches, attendant passivement que l'homme nous fasse rire. Que nenni, nous disposons d'une arme de choc pour prouver qu'on existe : sortir notre plus joli sourire de princesse afin de signifier à notre prétendant qu'il nous excite l'appareil reproducteur. Un sourire niais, une baguette magique, une robe à crinoline, une goutte de cyprine, un diadème, et tadam ! Le tour est joué. **C'est la fée-moi rire.** Celle qui tintinnabule comme une petite clochette en cristal et évoque les anges du paradis.

Non. Bien sûr que non.

Gens de tous sexes et de tous genres, sachez-le, **le sens de l'humour est un trait de caractère fort recherché chez les partenaires potentiels**, que ce soit en Asie, en Europe, ou en Amérique du Nord. Dans les critères de sélection, il est même davantage valorisé que l'attirance physique*. Et il est étonnamment encore plus apprécié chez un partenaire sexuel potentiel que chez un ami.

> **« Je ne suis pas une grande beauté mais je pourrais apprendre deux ou trois choses à Sharon Stone sur la façon de séduire un homme. »**
>
> *Whoopi Goldberg*

*Notre conseil : sur les appli de rencontres, privilégiez les punchlines aux *duck faces* et *six pack* (si ces termes n'évoquent rien pour vous, faites comme nous, faites autrement).

Ce qui est certain, c'est qu'on n'est jamais à l'abri qu'une nuit se transforme en une vie… Alors, à toutes fins utiles, on vous rappelle que passer sa vie avec un partenaire pas marrant, ben ça ne l'est pas, marrant. C'est pourquoi on ne saurait trop vous conseiller de vérifier que votre « target » (cible en anglais), votre « date » (prononcer [dèïte], rendez-vous en anglais) bref votre flirt (flirt en anglais), n'est pas insensible à votre humour. Imaginez ce que serait votre quotidien avec un partenaire qui ne rirait jamais à votre super blague du pingouin qui s'assoit ? Un désert.

Le neurobiologiste Robert Provine a analysé 3 700 annonces matrimoniales parues dans huit journaux américains en l'an 2000. Cette étude révèle que si hommes et femmes disent vouloir rencontrer une personne ayant de l'humour, en réalité, ils ne désirent pas la même chose. **Les messieurs favorisent les dames qui apprécient leur humour, tandis que ces dernières préfèrent qu'on les fasse rire.** Eh oui, selon cette étude, pour un homme, ce qui prouve qu'une femme a le sens de l'humour, c'est qu'elle qui rit à ses blagues.

Rien à voir avec le fait qu'elle en fasse elle-même. On serait tentées d'en tirer des conclusions sexistes mais ce serait ne pas tenir compte d'une autre donnée que fait apparaître cette analyse : les femmes recherchent deux fois plus le sens de l'humour qu'elles ne l'offrent.

Qui de l'œuf ou de la poule tue l'humour féminin dans l'œuf ? Vous avez 2 heures.

Figurez-vous que nous aussi, on a mené notre enquête. Sur le terrain, version gonzo, selon une méthode disons… empirique. Il s'agit d'une observation de longue haleine (fraîche) menée sur une population représentative de la gent féminine composée à 100 % des deux autrices de ce livre. Les résultats sont sans appel : **la pratique assidue de l'humour attire les hommes**.

Du moins, une certaine catégorie : ceux qui ne semblent pas être particulièrement déstabilisés (et qui iraient même jusqu'à être attirés) par les femmes rigolotes. Ça tombe bien, nous c'est ceux qu'on préfère. D'autant que la même étude démontre qu'ils ont une bien plus grosse... capacité à être drôles eux-mêmes.

On s'est également demandé pourquoi les femmes cherchent en majorité un homme golri. **On a une théorie personnelle à ce sujet.** Nous pensons que si elles favorisent l'*Homo rigolus*, c'est tout d'abord pour éviter de s'enquiquiner avec un type qui tire une tronche de six pieds de long en rentrant le soir à la maison. Mais aussi (et surtout) parce que, quand on a de l'humour, on a plus de facilité à prendre de la distance et, par conséquent, une moins grande propension à râler ou à devenir violent...

> **“ Un gentleman, c'est celui qui est capable de décrire Sophia Loren, sans faire de gestes. ”**
>
> *Michel Audiard*

Dis-moi comment tu fais l'humour, je te dirai comment tu fais l'amour...

Toujours prêtes à payer de leur personne, Marie G. et Sandra C. ont poursuivi leurs investigations et ont mis en évidence le lien qui existe entre les différentes formes d'humour et les façons d'aborder la sexualité. Autant vous dire que Marie Curie peut aller se rhabiller direct. Lionel Bellanger, auteur de *Rire et faire rire* (ESF éditeur), **distingue trois grands genres d'humour.**

Les formes courantes :

- **L'histoire drôle** : court récit d'une tranche de vie.

- **La blague** : histoire courte avec chute ou question/réponse.

- **La taquinerie** : qui peut être fine ou grossière.

- **La vanne** : une phrase drôle, courte et percutante.

- **La farce** : l'arroseur arrosé, le coussin péteur, le canular.

Les distractions du langage* :

- **Le calembour** : qui joue sur la différence entre la sonorité et le sens des mots.

- **La contrepèterie** : qui consiste à permuter les lettres ou les syllabes d'un mot pour en créer un autre.

- **Le jeu de mots** : proche du calembour.

Les formes tendancieuses :

- **La raillerie** : qui consiste à se moquer, brocarder ou charrier.

- **L'ironie** : ou l'art de se moquer en disant le contraire de ce que l'on pense.

- **La satire** : c'est l'humour au vitriol. Elle peut être cynique quand elle brave les conventions sociales ou scabreuse quand elle s'exerce dans le domaine sexuel ou scatologique.

*On a piqué l'expression à Henri Bergson.

Dis-moi comment tu fais l'humour, je te dirai comment tu fais l'amour…

De notre côté, nous avons répertorié **trois grandes façons d'appréhender la sexualité** :

• **L'approche dite « vanille »**. Mais qu'est-ce que c'est que ça ? Est-ce que ça consiste à enduire le corps des pratiquants de crème glacée ? Pas du tout. C'est le terme employé par les adeptes de pratiques sortant du cadre traditionnel, pour qualifier une façon conventionnelle de faire l'amour. On sent bien que pour eux, la vanille n'est pas le parfum le plus excitant. Alors, certes, ce n'est pas une saveur très originale, mais c'est celle qui est appréciée par le plus grand nombre.

• **L'approche dite « tantrique »**. C'est une façon d'aborder la sexualité en la considérant comme sacrée. Le sexe « conscient » est une voie d'accès privilégiée au spirituel. On pourrait dire que cette approche titille autant le cerveau que les organes génitaux. Un peu comme cette rime…

• **L'approche BDSM**. Acronyme de Bondage, Domination, Soumission, Sadisme et Masochisme. Également appelée algolagnie, c'est une pratique qui mêle plaisir (*lagnia* en grec) et douleur (*algos*). La palette de possibilités est quasi infinie puisqu'elle n'a pour limites que celles de l'imagination (et, pour les pratiquants les plus extrêmes, celles du corps). Il n'y a pas de sexualité plus recommandable qu'une autre. On peut varier les plaisirs, naviguer, expérimenter…

Ces préalables étant établis, il est temps de vous dévoiler notre grande théorie.

Selon nous, les formes courantes d'humour, simples et efficaces, éprouvées et appréciées par la majorité, peuvent se rapprocher des pratiques sexuelles dites vanille. L'histoire drôle, la blague et la farce sont à l'humour ce que le quickie, le missionnaire et la levrette sont à l'amour.

En suivant la même logique, les distractions du langage, pratiques plus cérébrales, seraient quant à elles volontiers adoptées par les adeptes du tantrisme.

Enfin, les formes dites tendancieuses, qui provoquent autant de « aïe » que de « aahahhahhaaa », seraient davantage l'apanage des partisans du BDSM.

Alors, elle vous convainc notre théorie ?

Ainsi, il y a fort à parier que si votre *target* tente de vous dérider avec une histoire drôle du genre : « Tu connais l'histoire du missionnaire qui se croyait perdu dans le désert mais qui découvre, au détour d'un buisson, une zone humide ? », ou vous envoie par message : « Salut mon lapin ! Un petit coup rapide, ce soir ? », il soit un.e adepte du sexe vanille.

Si votre rencard vous adresse un calembour tel que : « Le tunnel sous la hanche, c'est un passage sous tes reins ? », il semble que vous ayez à faire à une proposition de sexe tantrique.

Si, enfin, vous recevez par Whatsapp une pique ironique du type : « Je te savais de droite, mais pas à ce point admirateur de Jacques Chirac, monsieur “5 minutes douche comprise”. Permets-moi de m'abstenir pour le prochain tour. », vous êtes probablement tombé sur un amateur ou une amatrice de BDSM.

Le cycle du couple

Étape 2 : La vie commune

> **« Ma femme est très portée sur le sexe. Malheureusement, ce n'est pas sur le mien. »**
>
> *Pierre Desproges*

Après le bar, les mojitos et les slows enflammés vient la vraie vie. Oui, on est des vieilles personnes. Pour nous, la drague a ce petit goût suranné de la rencontre en chair et en os. On sait que dorénavant on filtre, on swipe, on matche, mais ça nous fout le seum, que voulez-vous.

On le sait, **l'un des écueils qui guettent le couple au coin du bois est l'ennui**. Notamment quand on a fini de forniquer comme des lapins. Car oui, *spoiler alert*, on vous l'annonce, sauf très rares exceptions, on finit tous par se lasser de passer des jours entiers au lit à se frotti-frotta. Après cette période d'érotisation intense et de dialogue permanent des corps, vient le temps de la parole. Ah là là ! Il va falloir se mettre à causer pour de vrai et affronter la terrible réalité, se projeter et construire un avenir. Ou pire : un quotidien.

Mais, ô joie ! Nous disposons de la faculté d'apposer le filtre humour sur ce qu'on vit dès qu'on en a envie ou besoin.

Geoffrey Miller, professeur de psychologie, pense même que l'humour, au fil de l'évolution humaine, s'est mué en mécanisme anti-ennui. En gros, **heureusement qu'on a inventé l'humour pour rester en couple**. Sinon, à cause de notre cerveau devenu de plus en plus volumineux donc performant, l'ennui arriverait tellement vite qu'on n'aurait même pas le temps de faire des enfants.

Sans l'humour, il y aurait donc fort à parier que nous ne serions pas là pour vous parler de tout ça. Avouez que ce serait dommage.

N'attendez pas que l'ennui pointe le bout de sa truffe froide et rugueuse. Mettez de l'humour dans votre couple dès le départ. Qui une blague de pingouin, qui des petits mots rigolos, qui un déguisement (de licorne, d'infirmière ou de pompier, chacun fait fait fait...). **Rire et faire rire, c'est introduire de l'intimité et de la cohésion dans le couple.** Et inutile de vous rappeler l'importance d'introduire quand on est en couple.

Si vous êtes ensemble depuis quelque temps, on imagine (on espère même) que vous partagez ça : une situation qui ne fait rire que vous deux. Le souvenir d'un événement vécu ensemble dont la simple évocation a le pouvoir de vous faire systématiquement pleurer de rire. Il suffit qu'un petit rien qui vous y fasse penser se présente et c'est parti pour un fou rire. Même si vous êtes en plein milieu d'une engueulade Ikea* (ce qui, selon notre expérience, signifie que vous vous situez au rayon canapés ou cuisine). C'est irrésistible. Et c'est tellement bon ! Rire ensemble de choses communes, se faire rire mutuellement, sont des signes de connivence qui pointent les moments où on est en communion. Et convenez-en, être en osmose chez Ikea, ça vaut son pesant de boulettes suédoises.

Trouver son partenaire drôle est une immense source de bien-être. Quelle joie, en rentrant d'une journée de travail toute pourrie, alors qu'il y a encore, au choix, un mail de boulot urgent, les devoirs,

*Quand l'un est persuadé que « oui le canapé Grönlid va rentrer pile-poil entre la fenêtre et la télé » et que l'autre rétorque que « ben non, parce que j'ai mesuré avant de partir, moi madame/monsieur et il manque 8 cm. Gnagnagnagnagna. » Et c'est là qu'on se rend compte que oui, parfois la taille, ça compte.

le bain, le dîner ou un parent âgé à gérer, de savoir qu'on va retrouver un partenaire à même de nous insuffler de l'énergie grâce à sa façon d'appréhender les choses sous un angle humoristique ! **Rentrer dans un foyer où l'on rit ou sourit, c'est alléger sa charge.** D'une part parce qu'elle est partagée et d'autre part parce qu'elle est distanciée.

L'humour à la maison agit comme un cocon qui protège de la morosité ambiante. Après une bonne partie de rigolade, on se sent plus légers, plus détendus, un peu comme après une bonne partie de bunga bunga. Oui, on aime citer Silvio Berlusconi, grand philosophe, grand homme politique et grand latin lover. L'humour est l'une des clés pour échapper au stress. **Et moins de stress, c'est plus de fesses.**

Rire avec son partenaire, ça peut être aussi fort qu'un câlin. Une déclaration d'humour peut être aussi réconfortante qu'une déclaration d'amour. Ce sont des moments précieux, qui amènent de la proximité. Et donc de la sensualité. Et puis, pouvoir rire avec l'autre, pouvoir rire l'un de l'autre, c'est une belle et grande preuve de confiance : rien n'est tabou, on peut se moquer sans mettre en péril les sentiments. On se sent en sécurité.

D'ailleurs, détail non négligeable : **le rire favoriserait l'érection pour les messieurs et la réceptivité sexuelle chez les dames.** Et ce serait d'autant plus patent dans les couples où on aurait tendance à se prendre trop au sérieux… alors dé(b)ridez-vous, les Bordeau Chesnel.

Ah ! Tant qu'on est sur le sujet… Sachez, Messieurs, que selon une étude menée par l'université de Floride pendant plusieurs années sur 1 100 couples mariés depuis 27 ans en moyenne, ceux qui partagent le plus les tâches ménagères éprouvent également une plus grande satisfaction sexuelle. Vous savez pourquoi ? Eh bien, parce que dans ces couples, les femmes ont un moindre sentiment d'injustice, sont plus épanouies et sont, par conséquent, plus enclines à la bagatelle.

Alors oui, on sait que « ça progresse » et que les hommes s'impliquent davantage dans les travaux domestiques, mais pardon, c'est pas non plus fulgurant. **On est encore loin du 50/50.** Vu que cette assertion pourrait paraître un poil péremptoire et que votre méfiance naturelle ou votre rigueur scientifique pourrait vous amener à douter, on a voulu vérifier.

> « **Je suis pour l'égalité des sexes, je prendrai moi-même les mesures.** »
>
> *Thierry Le Luron*

Selon une étude réalisée par IPSOS pour Ariel (pas Dombasle, la lessive) en 2018, 63 % des membres de la gent masculine considèrent que les inégalités hommes/femmes en matière de répartition des tâches ne sont plus vraiment un problème au sein du foyer.

À la lecture de cette première statistique pour le moins optimiste, on s'étonne... est-ce à dire que les autrices de ce bouquin se seraient un poil (vite ! l'aspiro) emballées en mettant en doute l'implication des conjoints à la maison ?

Zoomons un peu et rapprochons cette considération de la réalité domestique et voyons qui se charge de :

- Trier le linge et lancer une lessive : 21 % des hommes *vs* 83 % des femmes ;
- Repasser : 20 % des hommes *vs* 81 % des femmes ;
- Laver les sanitaires : 22 % des hommes *vs* 78 % des femmes.

Le poids des mots, le choc des stat'. Alors, comment expliquer un tel écart entre le ressenti optimiste des messieurs et la moins brillante vérité ? Nous avons une hypothèse à ce sujet. Une théorie toute personnelle que nous avons développée à l'aune d'une autre statistique.

Quand on interroge les hommes sur la taille de leur sexe, la plupart des études qui s'appuient sur des mesures autodéclarées affichent une moyenne d'environ 15,75 cm. Mais, selon une méta-analyse compilant les résultats d'études menées par des chercheurs qui ont eux-mêmes pris les mesures, la longueur moyenne d'un pénis en érection se situerait en réalité vers 12,95 cm[7].

Sur la base de ces informations chiffrées, opérons un produit en croix. **On obtient un écart de 21,6 % entre la taille déclarée et la taille constatée.** Nous suggérons de considérer le pourcentage obtenu comme un coefficient « correcteur » et de l'appliquer aux déclarations des hommes quant au partage des tâches ménagères.

Ce qui donne :

- Si 32 % des hommes déclarent faire les courses (14 % selon les femmes) nous proposons un taux corrigé de 25 %.
- Quand 29 % déclarent préparer les repas (18 % d'après les femmes), nous suggérons un taux corrigé de 22,7 %.
- Et pour les 13 % qui déclarent s'occuper des enfants (4 % selon les femmes), nous octroyons un royal taux corrigé de 10 %.

Entre la surévaluation des uns et les « non mais c'est pas comme ça qu'il faut faire » des autres, on trouve que notre coefficient correcteur tient pas mal la route.

Ah ! juste pour éviter des malentendus… Aller acheter une baguette de pain ne revient pas à « faire les courses ». De la même façon que mettre une pizza surgelée au four ne s'appelle pas « préparer un repas » (du moins, pas systématiquement). Et enfin, avoir mis un enfant en pyj' n'est pas « s'en occuper » (perdu, il fallait le laver avant !).

Oui, on se moque (un peu). Mais c'est parce que d'une part Messieurs, vous êtes l'une de nos cibles préférées. Qui aime bien, châtie bien. Et d'autre part, on vous en conjure, mettez un peu plus la main à la pâte (et on vous mettra plus volontiers la main au panier. Et pas à linge).

Et puis, si vous arrivez à faire rire tout en passant l'aspiro, vous êtes notre héros. Ceci dit, on en connaît au moins un, de héros. Le mec de notre copine Clémence. Pour son boulot, elle doit fréquemment s'absenter. Un jour, alors qu'elle est en déplacement pour boucler un gros dossier chez un client aussi important que pénible et qu'elle s'apprête à rentrer dans une réunion de boulot méga importante, elle reçoit sur son portable un message vidéo.

C'est son mec. Certainement un petit message pour lui souhaiter bonne chance. Décidément, il est parfait, se dit Clémence en cliquant sur la flèche pour visionner la vidéo. Elle découvre son homme, dans leur salon, il a posé son téléphone et se filme, sourire aux lèvres, bandana de rocker sur la tête, aspirateur en main, *Miss You* des Rolling Stones à fond et chorégraphie entraînante. Elle sourit. Son chéri recule, cerise sur l'aspirateur, il est en tenue d'Adam ! Vaporisateur de liquide à vitres en main, il s'en sert de cache-sexe, presse sur la gâchette et pschitt-pschitt. Il chante à tue-tête *I miss you*. Cut.

Énorme éclat de rire de Clémence. Joie dans son cœur. Pétillance dans le cerveau et contrat remporté. Le « *naked house cleaner* » est devenu une référence dans leur couple. On a envie de dire, vive les héros du quotidien !

Une autre excellente raison de pratiquer l'humour en couple, c'est le bien-être par anticipation. On vous explique comment ça fonctionne.

À l'idée de vous glisser sous la couette, votre cerveau frétille d'avance, que ce soit pour faire du sexe ou pour mater ensemble une série drôle ou une comédie. C'est scientifiquement prouvé. La simple perspective d'une expérience drôle peut réduire de respectivement 39 %, 70 % et 38 % les différentes hormones nuisibles à notre santé : le cortisol (appelé « hormone du stress »), l'adrénaline, et le dopac (qui n'est pas le verlan de pack d'eau mais un composé chimique du cerveau qui aide à produire de l'adrénaline). Et, pour couronner le tout, cet avant-goût de bien-être augmente de 27 % les bêta-endorphines (il ne s'agit nullement d'endorphines pas bien malines mais de composés chimiques atténuateurs de dépression).

Si vous avez bien lu (et on espère que vous l'avez fait. Méfiez-vous, on est capables de vous coller une interro à la fin de ce chapitre), nous avons écrit « vous glissez sous la couette pour faire l'amour OU l'humour ». Car lorsqu'on se glisse sous la couette (le bureau ou la douche... bref où vous voulez, c'était pour vous donner une image évocatrice) pour y faire l'amour, on ne peut pas y faire l'humour en même temps. Avant oui (ça peut même être un bon démarreur, l'humour est proche du jeu et on sait où peut nous mener le « et si on jouait au docteur »). Après pourquoi pas ? Mais pendant, non. Pourquoi donc ?

À notre humble avis, cette incompatibilité s'explique par le fait que faire l'humour nécessite de prendre de la distance sur une situation ou un moment donné et de brancher son cerveau en mode blague. Alors qu'en principe (en tout cas, on vous le souhaite), quand on est occupé·e à faire l'amour, il n'y a plus beaucoup de place pour le reste. On est tout à ses sensations, on laisse l'excitation parcourir son corps et envahir son cerveau. Si, tout à coup, vient une vanne ou l'envie de rire, c'est qu'on est sorti·e de cette espèce d'état de transe, qu'on a été déconcentré·e et que le « soufflé est retombé » (au moins un peu). Il nous semble que, dans ces moments très intimes, si on sort du ressenti et de l'alchimie, la magie disparaît pour jeter une lumière crue sur la mécanique des corps et des fluides… **et dans ce cas, faire l'amour devient à peu près aussi excitant que de regarder un couple de chiens en train de copuler** (même si on imagine qu'il y a des gens que ça érotise). On est plus « dedans », on est dehors (et c'est bien dommage).

Néanmoins, si vous savez faire les deux en même temps, nous sommes preneuses de vos témoignages ! Dernière chose qui nous semble importante. En couple, ne remplacez pas les discussions nécessaires par l'humour. **L'humour n'est pas une b(r)aguette magique, il est un lubrifiant, pas une échappatoire.** Et s'il est indispensable dans la relation, il ne dispense pas d'une mise au point quand ça s'impose. Il y a des sujets graves, des sujets pesants qu'on ne peut pas mettre sous le tapis en une pirouette (cacahuètes) humoristique.

Le cycle du couple

Étape 3 : La séparation

> « **Divorcer c'est pratiquer la position du démissionnaire.** »
>
> *Jean-Jacques Thibaud*

Eh oui, les histoires d'amour finissent mal en général. Nombreux sont les couples qui se séparent. Nous n'entrerons pas ici dans les nombreuses raisons possibles aux désunions (le confinement, l'espérance de vie qui augmente, l'individualité qui progresse, les problèmes d'addiction de plus en plus fréquents, l'exclusivité, l'infidélité…) car nous ne sommes pas là pour ça. C'est dommage, parce qu'on a tout un tas d'idées passionnantes sur le couple. Une prochaine fois, peut-être ?

> « **Le mariage est la cause principale de divorce.** »
>
> *Oscar Wilde*

Nous pensons qu'une des causes de scission est le manque d'humour. Dans les années 1940, on riait en moyenne 20 minutes par jour. Aujourd'hui, il paraît que plus d'un tiers des adultes ne rit que 60 secondes par jour[8] ! (Eh bien ! il était temps qu'on l'écrive ce livre…)

Et quand on ne rit pas (ou plus), on est triste, on est frustré, alors on se lève et on se casse. Il peut alors arriver qu'on se déteste. Beaucoup. Autant que l'on s'est aimés (voire plus).

> « Je l'ai trop aimé pour ne point le haïr. »
>
> *Jean Racine*

Là aussi, l'humour peut être d'un grand secours. Grâce à sa fonction « soupape de cocotte-minute », il va vous éviter de développer un ulcère à l'estomac ou de détruire verbalement votre ex devant les enfants... Bref, **l'humour va vous aider à passer le cap difficile de la rupture.**

Pour ce faire, on va se permettre de paraphraser Pierre Desproges : « L'ex, c'est comme le sexe. Faut tirer dessus de temps en temps pour avoir la paix. »

Voici comment procéder :

1. **Faites garder les enfants**, car ce qui va suivre sont des affaires de grandes personnes tristes et en colère (vous êtes en phase 3 du processus de deuil, juste après le choc et le déni), susceptibles de heurter leurs petites oreilles pleines d'innocence et de cérumen. Si vous êtes exempt de progéniture, passez directement à l'étape 2.

2. **Conviez à la maison vos amis.** Sélectionnez-les selon leur appétence pour l'humour et la mauvaise foi. Chez vos camarades actifs, favorisez les joyeux drilles*. Chez les passifs, tous les types sont bienvenus à l'exception de l'hilare**, qui peut être angoissant.

3. **Débouchez une bonne bouteille** de vin*** ou d'eau gazeuse, un bon pack de jus de légumes ou faites-vous une tisane au CBD. Ou faites un mélange.

*Pour vous aider, rendez-vous page 64, « Le coin des actifs ».

** Page 91, le coin des passifs.

*** Doit-on vous rappeler que l'alcool n'est jamais la réponse même s'il permet d'oublier la question ?

4 **Échauffez votre appareil oratoire**, « ba beuh bi bô bu, un chasseur sachant chasser sans son chien »... et vos zygomatiques « ah ! aahhhaaa ! aaaaaaaahaaaaaa ! hhhhiiiiiiiihihihihi ».

5 **Bitchez*!** Il s'agit maintenant de pratiquer ce que les « experts »** appellent l'ex-*bashing*. Allez-y, lâchez-vous ! Tournez en dérision toutes les abominables choses que votre ex vous a fait subir, moquez-vous de tous ses petits travers détestables, de ses manies exaspérantes, faites feu de tout bois. Aucune limite de bon goût, de bonne foi ou de politesse n'est tolérée. Une seule condition, faire rigoler la galerie. Pour cela, tous les moyens sont bons : brocardez, exagérez, ironisez.

Notre conseil : allez-y par paliers (comme en apnée) pour ne pas faire un craquage d'entrée. Démarrez tranquille : « Tu vois ce rameur, c'est son cadeau de Noël ! Elle trouvait que je ramais pas assez avec elle ? Ben tu vois, depuis qu'elle m'a quitté, j'ai perdu 15 kg. Comme quoi, c'est bien elle qui me gonflait. » Augmentez graduellement jusqu'au niveau maximal et enclenchez le turbo : « Tu vois ce robot Magimix qu'il m'a offert à Noël ? J'aurais dû le passer dedans, le hacher menu, farcir le cul de la dinde avec et la faire bouffer à sa mère. Elle non plus, j'ai jamais pu la saquer. »

Voilà. Ça va mieux ?

Stoppez dès que vous ressentez une libération simultanément à un léger écœurement de vous-même. C'est très important de sentir que vous êtes allé (légèrement) trop loin. Sinon, ça signifie que vous n'avez pas totalement vidé votre sac. Si tel n'est pas le cas, poursuivez le bitching. Sortez tout votre fiel avec panache et force drôlerie.

* Vider son sac, dire du mal.

** Espèce cathodique très (trop) répandue.

6 **Reprenez une vie normale.** Ne prenez pas vos amis en otage. Une séance d'ex-*bashing*, ça va. Une complainte permanente, non merci. Même sur le ton de l'humour.

Alors oui, dans ce cas, on vous autorise **EXCEPTIONNELLEMENT** (on est sympas hein, de vous donner l'autorisation de faire des trucs, alors qu'on ne se connaît même pas) à vous servir de l'humour comme d'une arme de destruction **MAIS** uniquement dans un cercle restreint de gens préalablement au courant de la démarche ET consentants. Car c'est pour mieux vous reconstruire, mon enfant.

Pour que cet ex-*bashing* soit le plus efficace possible, veillez à bien respecter les règles du jeu. Le but n'est pas de rabaisser l'autre (car vous allez vous sentir sale et triste) mais de tourner la situation en dérision pour s'en remettre (prendre du recul, de la distance et se libérer).

Peut-être que votre ex vous a laissé exsangue. **Ici, l'humour vache remplace la violence.** Mieux, il est un palliatif à l'agressivité. Il est un exutoire. Et il est bien plus efficace qu'une poupée vaudou et bien moins répréhensible (et débile) que le *revenge porn* ou le harcèlement. Et même si ça ne fonctionne pas pour vous, vous aurez au moins passé une bonne soirée à rire avec vos potes.

Allez, bisous et bon courage.

Faites l'humour en couple avec...

Élodie Poux

Dans ma vie de tous les jours, je mets de l'humour en « jouant » avec mon mari. Parfois, on part en cacahuète. On fait de l'impro. On se déguise. On s'amuse comme au premier jour.

Mais pendant l'acte, mieux vaut s'abstenir. Restons amants avant tout.

Nicole Ferroni

L'humour, ça fait partie du ciment du couple. Avec mon chéri, on est sur une thèse de recherche : « L'humour tue-t-il le désir ? » On pense que des fois oui, des fois non, mais globalement plutôt non. Par exemple, des blagues sur son zizi, ça passe ou pas...

Philippe Geluck

En humour, je ne regarde pas à la dépense. Ça fait 46 ans que je suis avec la femme de ma vie et elle me dit « tu te rends compte que tu me fais rire tous les matins ! » *

Dans l'humour on est toujours au second degré. Dans l'amour, c'est le premier degré qui prime.

La première chose à faire c'est d'être à l'écoute de l'autre, être attentif, participer aux tâches communes, consacrer du temps. Faire rire l'autre est un plus. Le rire est un cadeau.

Si j'essaie de faire rire ma femme et que ça ne marche pas, il n'y a pas trente-six solutions : soit elle est préoccupée par autre chose et je dois en tenir compte, soit ma blague n'est pas drôle.

*Il précisera plus tard qu'il ne la fait pas rire que le matin.

Bertrand Usclat

En couple, si l'humour n'est pas la base de la rencontre, faut pas y aller. S'il faut « faire quelque chose » pour faire rire l'autre, c'est qu'il faut la quitter. Il n'y a pas d'effort à faire. Le rire dans le couple, c'est comme respirer pour un être humain. C'est essentiel. Pour séduire, il faut avoir de la distance vis-à-vis de la séduction elle-même, faut jouer, faut pas que ce soit sérieux, c'est un truc de déconstruction de la parade amoureuse. Faire des blagues sur le fait qu'on est dans une situation de séduction. En gros, tu sais que je sais que tu sais que je suis en train de te séduire…

Manu Payet

Quand on est en couple et content de rentrer chez soi, c'est parce qu'on s'y marre. J'ai toujours le souci de faire rire ma femme, avec qui je suis depuis 10 ans. Pour moi, c'est une façon de l'émouvoir. Je suis responsable de l'humeur dans la maison. C'est ma part du job. Et finalement, c'est ce que j'ai toujours fait, même petit…

Il y a une blague qu'on utilise souvent dans notre couple, notamment en vacances. Elle fait référence aux personnages des Bronzés, *Bernard (Gérard Jugnot) et Nathalie (Josiane Balasko). Moi, je suis chochotte, je n'aime pas beaucoup les trucs genre trek dans la jungle. Je viens d'une île, c'est bon, j'ai déjà bouffé tous les fruits exotiques (il rit). Pauline, ma femme, elle adore tout ce qui est roots et nature. À chaque fois qu'il y a une activité qui s'approche de ce genre de truc, on se moque tous les deux de moi. On imite Bernard et Nathalie : « La neige, elle est trop molle. » Je fais les persos (je tente en tout cas). On applique ça dès qu'il y a un truc qui se passe en vacances et que je suis un peu relou ou mal avec un truc trop roots. Résultat : je la fais rire, elle se marre, donc ça rend ce truc que je vis et que je n'aime pas plus supportable. Ma femme dit souvent : « On se fabrique plus de souvenirs quand on traverse un champ de bouse sans pompes, que quand on commande un room service en matant une série. » Et même si je suis pas d'accord… je suis d'accord.*

Bruno Solo

La fantaisie c'est le ciment du couple.
Avec ma femme, on aime mettre de la fantaisie, le plus possible.

On pratique aussi beaucoup le comique de répétition.
À la maison,on joue des personnages. En famille, on fait une sorte de parodie de notre existence, on s'auto-pastiche.
Un autre de nos grands jeux, c'est de siffler faux. On s'entraîne avec ma femme. Et en général nos enfants viennent nous voir et disent : « Vous êtes lourds ! »
Nous, on fait de l'humour en famille, on fait tourner, il ne faut pas toujours que ce soit les mêmes. C'est important, l'autodérision (même si parfois, c'est plus difficile dans certaines situations). Un enfant qui n'est pas entraîné à l'humour aura plus de mal à affronter sa vie.

Quand j'étais petit, j'avais beaucoup de tocs. Encore aujourd'hui, dans des moments d'angoisse ou d'euphorie, je fais des mouvements inconsidérés (mais en public, je me contrôle). Notamment, je tape du pied, comme le lapin de Bambi. Quand je fais ça, mes enfants disent : « T'es en PanPan là ? » C'est devenu mon surnom. Ma famille m'appelle PanPan. Ma femme s'est même fait tatouer « PanPan Forever ».

“ À part les singes, tous les animaux refusent de faire l'amour face à face. Ils doivent pressentir que le derrière se ride moins vite que le visage. ”

Sim (l'humoriste, pas la carte)

Faites l'humour en travaillant

« Le travail, c'est une maladie, d'ailleurs y a même une médecine pour ça. »

Jean-Marie Gourio

Si le travail est un sujet quasi inépuisable d'inspiration pour certains humoristes (salut à toi Karim Duval qui nous fait tant rire sur LinkedIn, amour éternel pour vous les dessinateurs de presse et de BD – Voutch, Deligne, FIX, Franquin et son éternel Gaston Lagaffe – qui croquez avec acuité et férocité le monde du travail et des entreprises…), il est aussi l'activité à laquelle on consacre en moyenne 90 000 heures de notre existence. Autant vous dire que si vous n'en profitez pas pour rigoler, ça risque de paraître un tantinet longuet.

S'il existe un endroit idéal pour faire l'humour, c'est bien son lieu de travail. Il vous offre sur un plateau tout ce dont vous avez besoin pour déployer votre potentiel (de rieur ou de blagueur) :

- **Un public varié et captif** : collègues, clients, collaborateurs, salariés, N+ quelque chose, N- autre chose (si vous travaillez dans un bureau avec des étages, une hiérarchie verticale et plein de gens au-dessus et en dessous de vous).
- **Un lieu propice à la rigolade** : eh oui ! plus le contexte est tristoune ou ennuyeux, plus il est aisé de surprendre et de faire rire les gens. Il est donc beaucoup plus facile de faire rire dans un open space que sur scène (quelle aubaine pour vous !).
- **Une multitude de terrains de jeu** : réunions, visios, mails, salle de pause, newsletter, restaurant d'entreprise, ascenseur… autant d'occasions d'exercer votre sens de l'humour.

Vous l'avez compris, le taff c'est THE place to laugh.

D'autant que **l'humour au travail s'avère être une stratégie payante** tant pour manager que pour se faire embaucher, négocier, vendre, motiver, fidéliser ses clients comme ses salariés, améliorer les performances de son équipe ou gérer les risques psychosociaux. Un sondage de 2012 (source Officebroker) montre que **la qualité**

la plus appréciée chez un manager est son humour, avant sa franchise, sa confiance ou son respect… avouez que ça fait réfléchir.

Dans une étude menée par Drew Tarvin (un ancien de chez Procter & Gamble qui a fait de l'humour en entreprise son business en créant Humour that Works), 81 % des salariés déclarent vouloir travailler dans un environnement où le rire a sa place et **96 % des dirigeants et recruteurs disent préférer un candidat ayant le sens de l'humour.**

Une expérience menée par O'Quin & Aronoff, deux psychologues qui ont étudié l'humour en tant que technique d'influence sociale, montre **qu'on fait plus volontiers des concessions monétaires à des négociateurs qui utilisent l'humour.**

« **Le rire** soulage le stress et l'ennui, il **stimule l'engagement et le bien-être**, ainsi que la créativité, la collaboration, la précision analytique et la productivité » (rien que ça !), analyse Alison Wood Brooks, professeure à la Harvard Business School.

Fabrice Loizeau, formateur à l'Institut français du yoga du rire (ommmmm ah Aah AaH aH ah ommmmmm, ceci est une tentative de blague yogique), explique que **faire rire ensemble les salariés d'une entreprise** 15 minutes par jour pendant 15 jours augmente leurs compétences et leurs qualités relationnelles et améliore l'efficacité générale du travail.

Le livre *The Happiness Advantage* (de Shawn Achor) qui a analysé les performances de plus de 250 000 personnes au travail démontre que **les salariés qui se sentent heureux font de meilleurs managers**, sont plus impliqués, plus attachés à leur boîte et démissionnent moins. Ils sont également moins souvent malades et leur risque de faire un burn-out est largement diminué.

À la lecture de ces quelques déclarations et statistiques, peut-être comprenez-vous mieux pourquoi consultants en humour, experts en rigologie, thérapeutes de la blague, improvisateurs, happiness manager et autres agents d'ambiance fleurissent depuis quelque temps dans les entreprises (surtout aux États-Unis où la culture de l'humour est davantage développée et le recours à l'humour plus décomplexé... mais ça s'est aussi pas mal développé en France ces dernières années).

> « **J'ai perdu le sens de l'humour depuis que j'ai le sens des affaires.** »
>
> *Starmania*

Pourtant, une enquête menée par Jennifer Aaker et Naomi Bagdonas (toutes deux professeures à la haute école de gestion de Stanford) révèle qu'à partir de 23 ans, soit **au moment de l'entrée dans le monde professionnel, la fréquence des rires chute drastiquement.** « Nous grandissons, entrons sur le marché du travail, et devenons soudainement des "personnes sérieuses et importantes", troquant rire contre cravates et pantalons », constatent-elles. La bonne nouvelle c'est que la courbe remonte après 70 ans. La moins bonne, c'est que l'espérance de vie moyenne en France pour un homme est de 79 ans... il ne reste que peu de temps pour rire à s'en décrocher le dentier. C'est ballot !

L'humour en travaillant selon Manu Payet

Au boulot, on est obligé de rire parce que sinon, c'est rien que du boulot. Le travail, ça doit aussi être plaisant. Pour faire bien son taf, il faut y trouver du plaisir, et l'humour en fait partie. Sinon la vie c'est quoi ? Le Truman Show ?
Rire au travail, ça crée une histoire commune, un vécu commun.

Ça fait réfléchir, ça ouvre des discussions et des échanges.
L'humour ponctue les moments de vie. L'humour au travail, c'est aussi une protection.
Faire l'humour avec l'autre, c'est le prendre en considération.
C'est un câlin, un hug, un don. C'est un moment qui appartient à deux individus (parmi d'autres) à un instant T.
Ça crée une histoire commune entre des personnes.
Même si c'est au travail. Laisse faire, accepte de recevoir, autorise le truc à se faire, sinon il ne pourra rien se passer.

Alors, osez faire l'humour en travaillant, lancez-vous !

Quatre conseils pour la route tout de même :

1. **Faites-en une utilisation modérée.** L'humour ne remplace pas le travail (sauf si vous faites notre boulot). Disons que le rire est un condiment et que le travail est le plat. Personne n'a envie de manger un plat avec pour seul ingrédient du sel. Mais une pincée de sel relève tout de même sérieusement le goût du plat, non ?

2. **Respectez vos interlocuteurs.** Ne vous autorisez pas au travail une blague que vous ne vous permettriez pas à la maison ou en famille, c'est-à-dire que vous n'assumeriez pas devant votre femme, vos enfants ou votre grand-mère. On est tous une seule et même personne, quel que soit l'endroit où l'on se trouve. Ce n'est pas le lieu qui dicte notre conduite, mais la situation qui se présente. N'agissez donc pas différemment au travail et dans la (vraie) vie.

3. **Ne faites pas l'humour dans un contexte de tension.** Même si vous êtes 5e dan en maniement de la vanne qui fait mouche, nous vous déconseillons fortement de tenter de recourir à l'humour pour résoudre des conflits. Vous pouvez faire un trait d'esprit en guise de conclusion pour détendre l'atmosphère, une fois le conflit résolu, mais pas pour en sortir.

4 **Attention !** Si personne ne s'est jamais fait virer pour avoir fait une blague nulle, il est possible de se faire licencier ou du moins salement rappeler à l'ordre pour avoir fait une blague inappropriée. **Qu'est-ce qu'une blague inappropriée ?** nous demande Jean-Pierre. Eh bien voilà la réponse précise à cette question fort pertinente :

- **Mauvais choix de sujet.** Notre conseil : faites l'impasse sur tout ce qui a trait au sexe, à l'appartenance religieuse ou ethnique, à l'apparence, à la vie perso.
- **Mauvaise cible ou mauvais public** : vous n'avez pas choisi la bonne personne (trop crainte, trop faible, trop facile...) ou pas la bonne audience (dans ce cas, c'est bien souvent davantage une question de contexte que de personne... on vous explique ça plus bas).
- **Mauvais timing** : trop tard, trop tôt, pas le bon contexte.

En résumé, écoutez-vous et surtout, EN CAS DE DOUTE, ABSTENEZ-VOUS ! (Bon, vous nous direz, le problème de Jean-Pierre, c'est qu'il n'a pas de doute...)

> **« J'aime le travail. Il me fascine,
> je peux rester des heures à le regarder. »**
>
> *Jerome K. Jerome*

Ces préalables étant posés, on vous livre, tout frais déballé du marché aux poissons de Seattle, un exemple de bonne humeur au travail qu'on a trouvé inspirant. Il s'agit de **la « Fish ! Philosophy »**[9], ce qu'on pourrait librement traduire en bon français par :

La philo du poiscaille

Tout a démarré dans une poissonnerie (avouez que vous ne vous y attendiez pas !)... Alors qu'il fait ses emplettes au marché de Seattle, le réalisateur John Christensen entend des acclamations au loin. Il aperçoit une foule qui entoure un stand de poissons, le *World Famous Pike Place Fish**. Notre réalisateur se mêle à la foule et assiste alors à un véritable numéro de cirque : un poissonnier lance un saumon à un de ses collègues, qui le rattrape habilement d'une main en une prise spectaculaire et le tend alors délicatement à un client qui essaie de l'attraper... en vain ! Impossible de saisir le poisson, qui est si glissant qu'il lui échappe inévitablement des mains.

La foule rit, applaudit et en redemande. Le stand est une véritable attraction, les vendeurs haranguent le chaland avec des vannes et des formules humoristiques. Les clients, habitués ou non, sont accueillis comme s'il s'agissait de bons potes. Malgré le bruit et l'agitation, les poissonniers les écoutent, les conseillent, prennent du temps pour chacun. Devant comme derrière le stand, tout le monde rit et sourit... Notre ami réalisateur, Johnny (oui, on attaque le 3e paragraphe, on est intimes maintenant) est ébaubi (Ewing, bien sûr) par la bonne humeur des employés d'autant qu'il mesure à quel point leur job doit être rude : des journées qui démarrent très tôt, un travail en plein air en toute saison... Ce matin-là, le froid est saisissant. Mais qu'importe ! Les poissonniers du Pike Place font preuve d'une énergie et d'une ferveur à toute épreuve. Vous vous en doutez, la joyeuse vague d'énergie positive et de rires du Pike Place s'est propagée bien au-delà de la poissonnerie et du marché et, grâce au bouche-à-oreille, la réputation de la poissonnerie s'étend dorénavant dans tout Seattle et au-delà.

*Poisson de renommée mondiale Pike Place. Obviously, ça rend moins bien en français.

Voilà. Et comme on est chez les Amerloques, il faut une happy end : ils vendirent beaucoup de poisson et gagnèrent beaucoup de pognon. Cette poissonnerie a inspiré à John Christensen une « philosophie » (entendre une méthode lucrative qu'il vend aux entreprises).

Voici, en quelques mots, de quoi il retourne* :

1 Soyez sur le coup

Soyez pleinement présent pour vos interlocuteurs : écoute, attitude, disponibilité physique et mentale. Mobiliser sa pleine attention pour l'autre est une marque de respect et d'intérêt qui fluidifie la communication et renforce les relations.

2 Soyez joueur

Soyez créatif, enthousiaste et amusant. Transformer les tâches routinières et rébarbatives en jeux rend ludiques les besognes les moins trépidantes et permet de renouveler et prolonger l'attention.

3 Égayez leur journée

Et si vous vous efforciez de rendre vos échanges professionnels plaisants ? Et si vous ambitionniez de laisser un bon souvenir à votre interlocuteur, pour 5 minutes, 5 semaines ou 5 ans, qu'importe ? Clients, collègues, prestataires, fournisseurs, trouvez des moyens simples d'interagir avec chacun de façon agréable et mémorable. Après tout, vous faites partie, mieux, vous contribuez à la vie de vos relations professionnelles. Vous avez donc le pouvoir d'améliorer ou de détériorer la qualité de leur journée... et de la vôtre par la même occasion. Car il y a fort à parier que vous serez plus fier de vous en agissant ainsi.

*Inutile de te retourner, Corinne, c'est juste une expression.

4 Choisissez votre attitude

Vous êtes responsable de la façon dont vous agissez et réagissez. Assumez la manière dont vos choix affectent les autres (et vous-même). Demandez-vous : « Mon attitude aide-t-elle mon équipe ou mes clients ? Est-ce que cela m'aide à être la personne que je veux être ? »

Simple. Efficace. Américain jusqu'au bout de la French manucure. Alors, on vous voit venir : « Ouiiiiiii mais je ne vais quand même pas me mettre à jongler avec des poissons ni transformer mon lieu de travail en cour de récréééééé. » Non, ce n'est pas ce qu'on vous suggère *(bien que ce soit tentant de vous voir jongler avec des saumons)*. Pour autant, on vous invite à réfléchir aux quatre points précédents quelques instants et à considérer les nombreux avantages que ce type d'approche peut apporter à votre environnement professionnel :

- Augmentation de la concentration et de l'attention
- Amélioration de la qualité de vie au travail en luttant contre la monotonie et la routine
- Humanisation et fluidification des relations interpersonnelles
- Facilitation et encouragement de la cohésion de groupe, renforcement des liens
- Amélioration de l'ambiance grâce à une posture positive et inspirante
- Réduction du sentiment de contraintes rendues moins… contraignantes justement
- Progression de la créativité
- Plus grande motivation
- Abaissement du turnover
- Augmentation de la productivité et de l'efficacité
- Amélioration de l'expérience client

Faites l'humour comme un chef

> **« Un chef, c'est fait pour cheffer. »**
>
> *Jacques Chirac*

Il y a beaucoup d'idées reçues concernant l'humour au boulot. L'une de celles qui ont la peau la plus dure est : « Ouiiiiii maiiiiiis, si je fais rire mes collaborateurs, je risque de perdre de mon autorité. » Détrompez-vous. Vous risquez juste de paraître plus humain.

Commençons par vous alléger d'un poids. En tant que manager, il est davantage de votre responsabilité de créer les conditions qui permettront à l'humour de trouver sa place au sein de votre équipe, que d'être agent d'ambiance ou d'imposer l'humour à tous les étages. Toute obligation en la matière serait totalement contre-productive car humour est synonyme de liberté. Libre donc à chacun, au sein de l'entreprise, d'avoir recours ou non à l'humour (n'en déplaise à Jean-Pierre).

Si vous êtes le patron de votre boîte, vous pouvez décider d'introduire de l'humour dans votre entreprise à trois niveaux.

- **Au niveau individuel** : en encourageant, par exemple, formations et programmes de sensibilisation* à l'humour pour vos salariés ou, plus largement, en mettant en place toute action propice à créer une « humeur de jeu » (pour reprendre l'expression du neurologue Henri Rubinstein), qui est, rappelons-le, le préalable nécessaire à l'humour.

*Du type : yoga du rire, rirothérapie et autres improvisations et jeux en entreprises.

- **Au niveau *corporate*** : en agissant de façon occasionnelle, par petites touches faisant office de piqûres de rappel (vous prendrez bien une ~~quatrième~~, ~~cinquième~~ et sixième dose ?) en profitant, par exemple, des événements organisés par l'entreprise (séminaires, stages de formation, congrès, pots de départ, etc.) pour y intégrer de l'humour**.

  Agir à ce niveau présente l'avantage de cantonner l'humour à des zones délimitées où on se sent en sécurité pour s'y adonner. Dans ce cas, le recours à l'humour est clairement défini, il répond à des règles. Il a un début et une fin. On sait que là on peut rire puisque ça nous est explicitement indiqué, voire c'est l'objectif annoncé. **C'est un premier pas** qui ouvrira probablement la porte à une pratique codifiée de l'humour dans votre entreprise sous forme de blagues (une histoire avec un début et une fin), vannes ou parodies (des formes très codifiées, donc facilement identifiables). L'humour s'exprimera ainsi au sein de votre entreprise dans **une sorte de zone de sécurité** rassurante pour tous... mais restreinte.

  Le risque, c'est de considérer que l'humour est un à-côté, que la bonne humeur ne peut pas être de mise en permanence au travail, et c'est passer à côté de ses principaux avantages.

- **Enfin, vous pouvez choisir d'intégrer l'humour à votre culture d'entreprise.** Dans ce cas, très rare, l'humour se diffuse dans toutes les strates de l'entreprise, dans toutes ses activités et interactions, internes comme externes. L'humour devient alors un état d'esprit, un moteur, il est même **facteur d'innovation** puisqu'il permet aux collaborateurs de bousculer les conventions et d'inventer leurs propres règles.

**À titre d'exemple, on vous renvoie vers les copains de la « Com' en Couleurs » qui proposent une initiation par l'humour à la méthode DISC (et qui ont eu l'excellente idée d'en faire un spectacle mis en scène par Marie G. Oui c'est de l'auto-promo).

Si vous êtes en recherche d'inspiration à ce sujet, jetez donc un œil à Kulula Airline, la compagnie aérienne la plus golri du monde, ou souvenez-vous des pubs Volkswagen (un constructeur automobile qui n'a rien perdu de son sens de la fantaisie quand il s'est agi de mesurer les émissions polluantes de ses véhicules), ou encore jetez donc un œil sur Burger King, Décathlon (sur les réseaux sociaux), Innocent (sur les packagings) ou Michel et Augustin. **Toutes ces entreprises marquent les esprits en faisant appel à l'humour dans leurs campagnes de pub et de recrutement.** Si, au contraire, vous souhaitez voir ce que ça donne quand l'humour est utilisé de façon artificielle et qu'il ne fait pas pleinement partie de la culture de votre organisation, on vous conseille de re-re-re-regarder le *lipdub** des jeunes de l'UMP (un must qui date de 2010, mais dont on ne se lasse pas, tant il est… comment dire ? On vous laisse juger par vous-même, il est disponible sur YouTube).

Patrons de TPE et PME, c'est avant tout sur vos frêles épaules que repose l'initiative d'introduire plus d'humour dans l'entreprise. Pourquoi ? Parce qu'il est démontré que **plus la taille de l'entreprise est restreinte, plus on y intègre l'humour.** (Chers salariés des multinationales, nous sommes de tout cœur avec vous.)

Alors, ouiiiiii, c'est bien gentil tout çaaaaaa. On a bien tout compris les avantages et on a bien intégré vos précieux conseils les filles mais, concrètement…

Comment faire l'humour comme un chef ?

Avant de transformer votre boîte en lieu le plus golri de la planète, nous suggérons de démarrer en douceur en tentant la technique dite

*En français : doublage des lèvres. Ah, vous voyez que l'anglais c'est mieux de temps en temps.

de *l'opening joke* (autrefois appelée blague d'ouverture… mais ça, c'était avant. Bon sang ce que vous êtes XXe siècle !). Ça consiste tout simplement à **démarrer une réunion par un trait d'humour**. Pas facile, nous direz-vous. Et pourquoi diable croyez-vous que vous avez acheté ce bouquin ? Vous êtes entre les mains de professionnelles, on vous le rappelle. Alors, détendez-vous, détachez votre cravate, envoyez valdinguer vos escarpins, glissez-vous sous une douche bien chaude, servez-vous un verre… et prenez des notes :

- **Première étape, ouvrez Internet** (Non, Corinne, on ne peut pas physiquement "ouvrir" Internet, c'est une façon de parler).
- **Deuxième étape, tapez dans votre moteur de recherche** soit le sujet de votre réunion, soit un mot-clé qui a trait à l'ordre du jour ou au message que vous souhaitez faire passer à cette occasion et adjoignez-y le mot « humour » ou « blague » ou « citation drôle ». Et là, vous laissez faire le talent des autres (un peu comme ce qu'on a fait dans ce livre en ouvrant chaque chapitre par une citation.)

Exemple : Si l'objet de votre réunion est un point sur la concurrence, vous annoncez ledit sujet à votre équipe, vous faites un petit silence (inutile de lancer les roulements de tambour, ça ferait peut-être beaucoup) et vous envoyez la première slide de votre présentation PowerPoint (vous maintenez le silence et laissez les gens lire tranquillement) : « Un confrère est un personnage sans aucun talent qui fait inexplicablement le même métier que vous ». (Pierre Daninos)

Douce vague de rire dans l'assistance et hop, voilà, l'affaire dans le sac. Petit effet garanti (on n'a pas promis un fou rire... mais un sourire pour démarrer la semaine c'est déjà pas mal). Vous pouvez aussi aller chercher des dessins humoristiques. Attention toutefois à la diffusion de ces œuvres, au respect du droit d'auteur, et ah ! pendant qu'on vous tient, soyez élégant, citez l'auteur... Et renseignez-vous sur ledit auteur. On a toujours l'air un peu couillon quand on ne sait pas qui est le type ou la nana qu'on cite. (Pierre Daninos, écrivain et humoriste français, 1913-2005, et pour l'anecdote, frère du type qui a créé la marque automobile Facel-Vega. Ça c'est pour faire plaisir à nos lecteurs amateurs de voitures de sport.)

Ne faites pas le choix de votre citation ou dessin humoristique à la va-vite, réfléchissez bien à son sens et à ce qu'il sous-entend. Il est important que ce trait d'humour traduise parfaitement votre pensée et votre point de vue sur le sujet que vous allez aborder dans votre réunion. Après quelques semaines de franc succès avec vos *opening jokes* désormais tant attendues par vos collaborateurs qui trépignent d'impatience chaque lundi matin en scandant votre nom (oui, on a une légère tendance à l'exagération), bref, une fois que vous vous sentez aguerri, vous pouvez avoir envie de **saupoudrer les journées de travail de quelques pointes d'humour**. Parfait ! Pour cela, nous vous conseillons de sélectionner les moments qui s'y prêteront le mieux. Mais comment fait-on ? nous direz-vous. Aucune idée. Débrouillez-vous.

Mais enfin, comment avez-vous pu croire qu'on allait vous abandonner comme ça, en pleine pampa, avec votre petit baluchon d'humour sur l'épaule ? C'est pas notre genre. **Pour choisir un moment propice pour faire l'humour, sondez l'état d'esprit de vos collaborateurs** à l'instant T (non, les Con-cernés, on ne discrimine pas la lettre I. Mais pour une raison obscure on dit instant T même si ça commence par un I).

Savoir choisir son moment

S'ils sont concentrés sur des questions stratégiques, cerveau et corps tendus comme des arbalètes vers un futur encore nébuleux ou hypothétique, si vous entendez les mouches voler, oubliez. Ce n'est pas le moment opportun, il n'y a pas la disponibilité d'esprit nécessaire pour accueillir une blague.

En revanche, si vos collaborateurs sont empêtrés dans les moyens, bien ancrés dans le présent, les mains dans le cambouis de la réalité, allez-y. Les esprits sont alors disponibles (et même demandeurs) d'un rire pour détendre l'atmosphère et renouveler l'attention. C'est comme une fenêtre qu'on ouvre pour changer l'air de la boîte crânienne. Ça réveille, ça stimule. Merci chef !

Ce petit truc de l'état d'esprit et de la disposition à l'humour qui en découle est une version ultra simplifiée d'une notion qui porte le nom savant d'« états métamotivationnels téliques et paratéliques » (« à vos souhaits », dirait Jean-Pierre, « ah mais j'ai pas éternué », lui répondrait Corinne). En très très très très gros :

- **Mode télique** (du grec *telos*, tendu vers un but) - on sent que vous allez grave briller à l'occasion de votre prochain dîner en ville- = l'intérêt est porté vers un objectif = l'esprit est tourné vers le futur = on est en mode sérieux.
- **Mode paratélique** = l'attention est portée sur l'activité en cours = l'esprit est ancré dans le présent = on peut activer le mode joueur.

Alors, si on vous explique ça, ce n'est pas pour étaler notre science mais pour aborder le fait qu'on a tous une tendance naturelle à être plutôt l'un (sérieux/mode télique) ou plutôt l'autre (joueur/mode paratélique). Les circonstances nous amènent à passer d'un mode à l'autre sans difficulté selon l'appréciation que l'on fait du sérieux ou de la gravité d'une situation. **Pour résumer, on est plus enclin à rire quand on accomplit une tâche habituelle** que quand on réfléchit à la stratégie de développement de la boîte.

Mais attention, si faire l'humour en travaillant peut permettre d'apporter une respiration salvatrice dans un moment très (trop) sérieux, **il peut également révéler des tensions**. On a bien dit « révéler », pas « créer » car il ne fait qu'exposer au grand jour un caillou qui était déjà dans la chaussure. Ce n'est peut-être pas un mal... si, toutefois, en tant que chef, vous prenez en considération le signal fort qui vient d'être envoyé et que vous vous occupez de soulager la tension ainsi mise au jour.

Ayez de saines motivations

Voilà cher manager, patronne, boss, N+ quelque chose. Vous êtes maintenant équipé·e de quelques outils pour faire l'humour comme un·e chef·fe. **On compte sur vous pour en faire bon usage.** C'est-à-dire pour les utiliser dans un état d'esprit positif animé par l'héroïque volonté de décapiter l'hydre des risques psychosociaux et de terrasser le dragon du harcèlement professionnel. *Vous l'aurez compris, chères lectrices à l'œil acerbe, cette envolée lyrique s'adresse à nos lecteurs masculins en vue de les valoriser, eux, preux chevaliers des temps modernes, et de leur donner envie de faire bouger les choses... oui, on flatte le mâle parce qu'on vous rappelle que c'est encore lui qui dirige 95 % des entreprises dans le monde.* Poursuivons... Pour manier avec discernement le glaive de l'humour *(ne lésinons pas sur les métaphores phalliques)*, nous vous rappelons les nobles quêtes qui doivent être les vôtres :

- **Diminuer le stress de vos collaborateurs** en relativisant la gravité et en montrant que vous avez la capacité à prendre du recul, et donc à rester maître de vous-même, en toute décontraction.
- **Augmenter l'aptitude de votre équipe à surmonter les épreuves** et à affronter les changements en les aidant à envisager de nouvelles stratégies ou à inventer d'autres méthodes de travail.
- **Tordre le cou à la routine** et aux habitudes qui sont à la pratique professionnelle ce que le cholestérol est à vos artères (mortel), en faisant preuve de souplesse et de créativité.
- **Rappeler de manière positive les valeurs du collectif** sans en passer par la sanction ou la remontrance.

C'est en gardant à l'esprit ces saines motivations que vous pourrez récolter les bénéfices collatéraux de votre démarche : augmentation de la productivité et de la satisfaction client, baisse de l'absentéisme et du turnover, etc.

En très, très clair : vous avez une obligation de moyens. **Les résultats suivront naturellement si vos motivations sont honnêtes.** Si vous utilisez l'humour comme outil de manipulation ou moyen d'asseoir votre autorité, vous allez droit dans le mur. Car, dans ce cas, votre utilisation de l'humour devient l'expression de votre abus de pouvoir... et ça, c'est franchement pas drôle.

Un dernier point important avant de vous laisser filer. Si, à l'occasion d'une vanne ou d'un trait d'humour, vous avez malencontreusement blessé une personne avec laquelle vous travaillez, excusez-vous. Simplement. Ne vous noyez pas sous une tonne d'explications. Ne vous lancez pas dans une pénible exégèse de votre blague, vous allez vous enliser dans les sables mouvants de la gêne réciproque.

Dites simplement que vous êtes désolé, que votre intention n'était pas de blesser et que si c'est le cas, vous présentez toutes vos excuses. Vous avez touché un point sensible. C'est là encore un signal intéressant à prendre en compte pour vous, chef soucieux du bien-être de vos ouailles.

Faites l'humour avec votre chef

> « **Le patron constitue le plus gros obstacle à l'oisiveté au bureau.** »
>
> *Scott Adams**

Calmez-vous ! On vous voit arriver de loin (on a de grosses lunettes, ça aide) sur vos grands chevaux nommés réticence et appréhension : « Ouiiiiiii maiiiiiis, si je suis perçu comme drôle, je ne serai plus considéré comme sérieux. »

Alors là, on aurait très envie de vous répondre avec cette magnifique phrase de Guy Bedos qu'on a déjà glissée plus haut mais dont on ne se lassera jamais : « L'inverse de l'humour, c'est pas le sérieux, c'est la soumission. » Mais on ne va pas se contenter de cette réponse, aussi juste soit-elle. **On va vous donner quelques billes pour vous défendre vis-à-vis de votre N+1 un tantinet rabat-jouir.**

Manier l'humour c'est faire preuve, notamment, d'un solide sens de l'observation (on se nourrit de ce qui nous entoure pour faire de l'humour), de créativité, de souplesse d'esprit, de capacité à prendre du recul et à analyser une situation, de confiance en soi et de réactivité. Mais dites donc, quelle chance a votre chef d'avoir pareille recrue

* Génial dessinateur du drôlissime Dilbert, personnage de BD sur le monde du travail qu'on vous recommande chaudement.

dans son équipe ! Félicitez cette personne de notre part (et offrez-lui le présent ouvrage en glissant discrètement un marque-page au début du chapitre précédent).

> « S'occuper des choses les plus sérieuses du monde n'est possible qu'à condition de comprendre aussi les choses les plus dérisoires. »
>
> *Winston Churchill*

Pour dérider ce supérieur tristounet, Marie G. suggère une idée qu'elle a mise en pratique à l'époque où elle avait un autre patron qu'elle-même (autant vous dire que le type ne lui arrivait pas à la cheville). Voici de quoi il retourne (non, toujours pas Corinne) : proposer à son boss **un petit rituel du vendredi soir** qui consiste à utiliser le tout dernier mail de la semaine échangé avec lui pour 1/ lui annoncer une bonne nouvelle (on rappelle, une fois encore, que détente et relâchement sont les préalables nécessaires au rire) et 2/ le faire (sou)rire.

Autre condition préalable au succès de cette démarche : il faut que votre N+quelque chose soit au courant de cet inoffensif rituel que vous lui proposez et qu'il apprécie cette démarche (ou, au moins, qu'il ait formulé son accord si on est sur un modèle tristounet ET frileux). Évidemment, nous direz-vous, il faut avoir une bonne nouvelle à annoncer. Pour ça, la stratégie est simple : quand une bonne nouvelle d'une importance relative se présente dans le courant de la semaine (un accord client, un nouveau contrat, une livraison effectuée, que sais-je...), ayez le réflexe de la mettre de côté pour le vendredi soir. Ensuite, ajoutez-y un dessin humoristique ou un mème* Internet pour résumer votre semaine, traduire votre état d'esprit à l'approche du week-end ou faire passer un message.

Une fois encore, vive Internet et le talent des autres qui présente l'avantage, non négligeable, d'etre moins impliquant puisqu'il ne s'agit pas de votre propre production humoristique.

Si vous sentez votre chef réticent à l'idée de ce petit rituel du vendredi, proposez-lui une alternative tout droit venue du pays du Soleil Levant et des sushis (une vision réductrice du Japon ? Où ça ? Calmez-vous les Con-cernés). Nos amis nippons (ni mauvais... oui Jean-Pierre, on la connaît) n'y vont pas avec le dos de la baguette. Certains d'entre eux aménagent sur leur lieu de travail une salle spécialement dédiée pour se défouler à grands coups de grimaces, imitations, voire vannes ou insultes devant une photo de leur patron. Suite à cette proposition alternative, on n'est pas à l'abri que finalement votre patron trouve vraiment cool l'idée du petit mail rituel du vendredi soir. Partagez avec nous vos expériences de rituel du vendredi avec votre patron. (Envoyez-nous des messages sur notre compte Instagram : @lepointgolri et on relaiera toutes les bonnes idées)

> **« Le chef c'est celui qui peut prendre la dernière goutte de café sans avoir à en refaire. »**
>
> *Scott Adams*

* Image animée accompagnée d'un commentaire qui lui donne une tournure drôle. On vous renvoie aux comptes Instagram de @trakenar_ et @ ohpet.art, par exemple.

Faites l'humour à vos collègues

> **« Dans ton bureau, si t'as un diplôme, t'as l'air intelligent. Si t'as un climatiseur, t'as l'air conditionné. »**
>
> *Pierre Légaré (humoriste québécois)*

Bonne nouvelle ! On fait plus facilement l'humour à ses collègues qu'à son patron ou ses collaborateurs qu'on manage. Plus facile de rire à niveau égal que dans une relation de subordination.

Mauvaise nouvelle, l'esprit de compétition peut nuire au plein épanouissement de l'humour (teams de commerciaux survitaminés, voici un nouveau challenge à relever pour vous : faire rimer rivalité et complicité). Une étude menée par les excellents auteurs du *Petit traité de l'humour au travail*[10] révèle que les formes d'humour les plus plébiscitées au taff sont : la dérision subtile et l'autodérision. Celles qui remportent le moins les suffrages sont les blagues potaches (coucou Jean-Pierre), la satire (cynique ou scabreuse) et l'humour noir.

Si vous avez peur de vous lancer sur le terrain parfois glissant de la rigolade en entreprise, nous vous suggérons quelques pistes (bleues ouvertes et balisées). Allez, c'est parti pour le premier flocon de l'humour. Commencez par observer votre environnement avec un œil joueur et amusé. Passez en revue la salle de réunion, la machine à café, les toilettes ou votre bureau en apposant le filtre golri. Comment ces lieux pourraient-ils être utilisés pour déclencher un petit rire ou un sourire au visiteur qui s'y aventure ? Outre les objets par essence rigolos, vous pouvez aussi utiliser un tableau (Velleda, paper board ou celui sur lequel votre boss inscrit les objectifs) pour **créer votre éphéméride maison**.

Chaque matin, une personne de l'équipe s'en charge et y ajoute une citation de son cru (ou glanée sur Internet) :

« Lundi. Saint-Odilon.
S'il pleut à la Saint-Odilon,
le jour paraît plus long »

ou

« Vendredi. Sainte-Catherine. Validation à la Sainte-Catherine,
livraison à la Sainte-Céline, règlement à la Saint-Glinglin ? ».

Vous avez compris le principe. Ensuite, ouvrez grand les écoutilles. Collègues, clients, fournisseurs, écoutez-les attentivement, il y a souvent des perles qui passent dans la journée. **Pourquoi ne pas vous amuser à sortir LA phrase du jour.** Un peu dans l'esprit des perles du bureau. Précisons tout de suite qu'il n'est pas question d'utiliser ce qu'a dit un collègue pour se moquer de lui mais plutôt d'isoler une phrase qui, sortie de son contexte, prend une tournure plus drôle. Inscrivez-la sur le fameux tableau.

La phrase du jour :
« Mais c'est pas possible !
Elle est tout le temps bourrée, celle-là ».
François (ouvrant le compartiment B4 de la photocopieuse)

Les perles de la vie de bureau

Si vous voulez quelques exemples de pépites sorties du milieu professionnel, on vous recommande de suivre l'excellent Loïc Prigent. Il est journaliste et travaille dans le milieu de la mode. Il glane les phrases qu'il entend notamment à la Fashion Week ou dans les couloirs des maisons de couture. C'est un délice ! Plus généralement, il y a les **demandes aberrantes et autres injonctions contradictoires** qu'on vous propose de placarder dans votre bureau. C'est toujours mieux que s'énerver, râler ou se plaindre.

« Vous êtes joignable pendant vos vacances ? »

« J'aimerais qu'on tombe directement
sur mon site quand on ouvre Internet. »

« Merci de tourner les images ASAP,
on verra après pour le scénario. »

« Je cherche un graphiste pour créer mon logo,
je peux rémunérer si besoin. »

Pourrait y figurer cette perle, entendue il y a des années par Marie G. et qui s'est transformée en running gag avec Hélène, son assistante de l'époque :

« Ah ben non, je peux pas vous le passer.
Le fil du téléphone est trop court. »

Tout bénef : pour une phrase à la con, des années d'utilisation. Plus généralement, **pistez les choses qui vous font rire au travail** : les sujets, les attitudes, les expressions, les habitudes, etc. Amusez-vous, parfois tout seul (quand c'est mieux de garder ça pour soi), parfois en face-à-face avec votre collègue préféré, parfois à la cantonade quand vous pensez que votre trait d'esprit égaiera l'ensemble de l'assistance.

Le principe général, c'est de tourner en dérision votre environnement de travail, de rire des situations parfois ubuesques que vous vivez, et non de se moquer de ses collègues ou relations professionnelles. Pour faire l'humour AVEC vos collègues, notre conseil est : **riez de quelque chose, jamais de quelqu'un**. Ainsi, vous êtes quasi sûr de ne pas commettre d'impair, de ne blesser personne et ainsi de faire mouche. L'idée c'est de prendre du recul, pas de se défouler. D'où l'importance de relâcher la pression régulièrement, par petites touches, pour ne pas accumuler. Visez quelques rires et sourires tout au long de la journée plutôt que LA vanne qui tue dans un moment de tension ou de ras-le-bol (et de potentiel dérapage). Les maîtres mots de l'humour entre collègues : gaieté et cordialité. (À ne pas confondre avec la familiarité, Jean-Pierre. Merci de respecter le périmètre de sécurité).

Votre objectif : créer une ambiance de travail agréable pour tous (et ça, personne ne pourra jamais vous le reprocher). Le rire est un moyen d'y parvenir. C'est quand il se transforme en finalité qu'il devient dangereux à manipuler et qu'on risque la blague inappropriée.

Faites l'humour pour pécho (le poste ou le candidat idéal)

> **« Il est plus facile de paraître digne des emplois qu'on n'a pas que de ceux que l'on exerce. »**
>
> *François de La Rochefoucauld*

Que ce soit pour se faire embaucher ou pour recruter, là encore, le recours à l'humour présente des avantages certains.

Vous cherchez un job ?

Une étude de la Wharton Business School atteste que **l'utilisation de l'humour dans un entretien d'embauche est un atout.** En effet, le candidat est alors perçu comme plus confiant et plus compétent aux yeux de son futur employeur. Plus étonnant, l'un des auteurs de cette étude affirme même : « Même si la blague n'est pas drôle et ne décolle pas, l'idée que des gens essaient d'utiliser leur humour signale qu'ils ont confiance en eux. »[11]

Si votre trait d'humour est apprécié, il présente un autre intérêt : celui de faire sentir au recruteur que vous avez les mêmes bases culturelles, les mêmes références, que vous êtes potentiellement sur la même longueur d'onde et que le chemin à faire pour qu'il vous intègre et que vous intégriez l'entreprise n'est pas long. Toutefois, restez vigilants, pas d'excès de confiance, on vous délivre quelques conseils à garder précieusement dans un coin de votre tête le jour de votre entretien :

- **Si vous avez de l'expérience** : vous serez embauché avant tout pour vos connaissances et compétences. Votre sens de l'humour est un bénéfice secondaire pour l'entreprise. Utilisez vos bons mots avec parcimonie.
- **Si vous postulez pour un premier emploi**, un stage ou un contrat en alternance : dans ce cas, c'est votre attitude générale, plus que vos compétences, qui est évaluée. Utilisez l'humour pour montrer votre bonne humeur et votre esprit positif. Cherchez davantage à faire sourire qu'à faire rire.
- Si vous souhaitez utiliser l'humour pour **aborder un éventuel point gênant de votre C.V.**, faites-le uniquement pour montrer ce que cette expérience vous a apporté. Pas pour balayer ce point délicat d'un revers de manche un peu léger ou pire dézinguer un employeur… ou vous-même !

- *A contrario*, avoir recours à un trait d'esprit **si vous êtes déstabilisé** par une question peut vous permettre de retomber sur vos pattes, de montrer votre souplesse d'esprit, en vous offrant quelques secondes de réflexion pour répondre.
- **Si votre blague tombe à plat**, pas grave, laissez filer. Ce qui est appréciable, c'est que vous fassiez appel à l'humour, vous n'avez pas l'obligation de faire rire (sauf si vous passez un entretien pour écrire des blagues… et encore). Et surtout, par pitié, si votre interlocuteur ne rit pas, ne vous sentez pas obligé de rire à votre blague.
- Enfin, **nous vous déconseillons fortement** d'avoir recours à la technique évoquée plus haut de l'*opening joke* qui consiste à faire appel à l'humour en démarrage d'entretien. Attendez, prenez le temps de jauger votre interlocuteur. **Utilisez plutôt l'humour vers la fin de l'entretien** pour laisser une impression agréable de détente et de maîtrise de soi. Démarrer avec une blague pourrait au contraire donner l'impression que vous êtes trop sûr de vous ou que vous fanfaronnez.

Et n'oubliez pas un point important. Faire preuve d'humour, c'est aussi **savoir apprécier les blagues des autres**. Alors n'hésitez pas à rire (de bon cœur et de façon spontanée, inutile de faire semblant) si la personne qui vous fait passer l'entretien est drôle. Et puis si vous avez tenté une blague, assumée et spontanée, et qu'elle vous coûte le poste, n'ayez pas de regret… Il est peu probable que vous vous seriez pleinement épanoui dans cette boîte.

Marie G. s'est vue un jour retoquée d'un job auquel elle postulait parce qu'elle était « trop joviale et enthousiaste. » Elle a remercié le recruteur du compliment avant de raccrocher poliment. Aucun regret. Plutôt le sentiment de l'avoir échappé belle…

Hormis l'entretien d'embauche, qui est un exercice très stressant (et vous savez dorénavant à quel point le stress est l'ennemi de l'humour), il est possible **d'utiliser fantaisie et légèreté pour se présenter aux potentiels employeurs**. Cette technique est particulièrement recommandée pour les jeunes qui débarquent sur le marché du travail. Nous, on est convaincues que ce serait également super payant pour les cinquantenaires qui viennent d'être « remerciés » et pour les gens en *outplacement*. Avant on disait en recherche d'emploi ou en reconversion... mais ça, c'était avant.

Glisser de l'humour dans son C. V. ou sa lettre de motivation ou tourner une vidéo de présentation rigolote pour communiquer sur les réseaux sociaux professionnels est un bon moyen d'attirer l'attention, de marquer les esprits, de générer de la sympathie et de la popularité. Bref, de donner envie de relayer votre profil ou de vous rencontrer. Et dans ce cas, c'est déjà 50 % du boulot qui est accompli.

En parlant d'humour, de réseaux sociaux et d'embauche, un dernier conseil. Avant d'entamer toute démarche ou tout envoi de C. V., pensez à vérifier l'ensemble de vos profils et nettoyez-les de toute blague potentiellement douteuse ou qui pourrait être mal interprétée.

Doit-on vous rappeler que la première chose que les recruteurs consultent... ce sont vos comptes persos ? Donc si vous faites l'hélicoptère avec votre **** tous les 2 posts... faites le ménage (sauf, bien sûr, si vous visez une embauche dans le secteur de l'aéronautique). Ah ! Et une dernière chose, évitez les adresses mail fantaisistes sur vos C. V. : lagrossebiteadudule@jassume.com, gardez ça (ou pas) pour les copains ou les sites qui vous obligent à leur communiquer une adresse mail (ça, c'est plus rigolo déjà). Si malgré vos compétences et vos efforts vous êtes recalé, il vous reste toujours la possibilité de faire preuve d'humour face à un refus.

Monsieur le responsable du recrutement,

Votre lettre datée du XXXXX m'est bien parvenue.
Après un examen attentif de votre demande, j'ai le regret de vous faire savoir que je ne peux donner une suite favorable à votre refus de m'attribuer le poste de XXXXX dans votre entreprise.

En effet, au cours de ces dernières semaines j'ai déjà reçu un grand nombre de refus et il m'est malheureusement impossible de tous les accepter.

Malgré vos qualifications évidentes et votre grande expérience sur le terrain du refus de candidats, je regrette de constater que votre réponse négative n'entre pas dans le cadre de mes besoins actuels.

Par conséquent, vous me voyez contraint de me considérer comme nouveau collaborateur de votre entreprise.
Je prendrai donc mes nouvelles fonctions dès lundi.

Je serais très heureux de vous revoir à cette occasion.

En vous souhaitant plus de succès dans vos futurs refus.
Veuillez accepter l'expression de mes sentiments distingués.

XXXXXX

Vous recrutez ?

C'est super ! On a lu votre annonce et on a bien compris que vous étiez une boîte solide et un employeur exigeant. C'est le minimum qu'on puisse attendre de son potentiel employeur. Pour autant, sérieux doit-il rimer avec ennuyeux ? Pourquoi ne pas utiliser l'humour pour convaincre les meilleurs candidats de postuler ?

Les employeurs qui utilisent l'humour dans leurs annonces d'emploi marquent plus les esprits et donnent davantage envie. Normal, puisque ça revient un peu à dire : « Venez chez nous, l'ambiance de travail est sympa et nous sommes des gens cool ». Plus engageant que : « Bonjour, nous sommes sérieux et nous nous prenons au sérieux, si vous venez chez nous ce n'est pas pour rigoler. Nous sommes austères parce que si on ne l'est pas, comment être pris au sérieux ? Nous ne sommes pas là pour être optimistes et authentiques, nous sommes là pour prévoir le pire et donner le change ». Ça donne envie, hein ?

Attention néanmoins, utiliser l'humour dans son offre d'emploi c'est bien mais **uniquement si cela correspond réellement à la culture d'entreprise.** Par pitié, n'utilisez pas l'humour comme un leurre. Car dans ce cas, il y a fort à parier que l'attrape-nigaud ne fasse pas long feu. Votre candidat idéal aura tôt fait, à l'occasion de l'entretien d'embauche, de voir les mines déconfites des standardistes, de constater qu'on entend les mouches voler dans les couloirs et qu'on fait la queue en silence à la machine à café… et d'en tirer les conclusions qui s'imposent : fuyons à toutes jambes cette boîte non seulement triste à mourir mais également malhonnête dans son discours.

Faites l'humour à une personne jeune et inexpérimentée*

> « Tout travail mérite stagiaire. »
>
> *Anonyme*

Rappelons rapidement qu'un stagiaire est une personne :

- Qui est payée 3,90 € de l'heure pour faire le boulot de quelqu'un qu'on a préféré ne pas recruter « par mesure d'économie » (avant on appelait ça radinerie ou avarice... mais c'était avant).
- À qui on a refourgué le plus vieil ordi du service, la chaise bancale et le bureau miteux.
- Qui, pendant les deux premières semaines de son stage, comprend :
  - Un mot sur quatre de ce qui est dit,
  - Une chose sur deux à ce qu'on lui demande,
  - Zéro blague.

  C'est cette même personne qui se demande qui peut bien être ce Omar Ketting dont tout le monde parle et qu'on ne voit jamais (c'est pas une question de lenteur à la comprenette de sa part mais plutôt un manque d'intérêt ou d'adaptation de la part de ses interlocuteurs).
- Qui espère désespérément qu'on lui confie une tâche intéressante (dont le commanditaire pourra aisément s'attribuer les mérites pour peu que ladite tâche ait été effectuée avec brio).
- Qui a un maître de stage (étrange dénomination tout de même. S'il y a un maître c'est qu'il y a un... esclave ?).

*Autrement appelée « stagiaire ».

- Qui s'appelle… euh… comment déjà ? (merde, on aurait dû personnaliser son adresse mail, ça aurait aidé).
- Qui fait un café dégueulasse (allez donc appuyer vous-même sur le bouton du distributeur, on verra si le vôtre est meilleur).

Alors, si vous ne lui offrez ni argent (3,90 € de l'heure, c'est peu), ni confort, offrez-lui au moins une ambiance de travail agréable (et accessoirement apprenez-lui des trucs, il est là pour ça).

Alors, précisons-le tout de suite, une bonne ambiance ne passe pas forcément par une blague à la Jean-Pierre. Quoique, parfois, c'est marrant, on avoue, si tous les collègues sont dans la confidence. Mais siiiiii, vous savez ? Cette tradition du petit bizutage professionnel qui consiste à demander au stagiaire : « Dis, tu peux aller me chercher de l'huile de coude ? » Fonctionne également avec : de la peinture écossaise, le marteau à bomber le verre, la clé du champ de manœuvre (ou de la chambre de compensation si vous bossez dans la finance), du monoxyde de dihydrogène (humour de chimiste), un seau de vapeur, une électrode à bois, un fer à friser le persil, un câble wi-fi (celui-là, on avoue, on serait allées le chercher), une pince à couper le courant, un foret coudé, un marteau à clou de girofle, une échelle à monter les blancs en neige, un sachet de bulles à niveau, une cintreuse à banane…

Si Jean-Pierre travaille dans un bureau, il affectionne également les bizutages à caractère bureautique comme, par exemple, profiter de la pause déj pour mettre une photo pourrie en fond d'écran ou passer le clavier du stagiaire en qwerty.

Certains stagiaires en gardent un bon souvenir… d'autres… moins. Comme tout, c'est une question de timing (pas le premier jour), de contexte et de durée (les plaisanteries les plus courtes… vous connaissez la suite).

Faites l'humour avec vos clients (ils adorent ça !)

> « Pour comprendre le client il faut avant tout se réunir entre spécialistes du marketing et discuter de ce qu'on ferait si on était suffisamment bête pour être client. »
>
> *Scott Adams*

Certains commerciaux sont passés maîtres dans **l'art du *ice breaking*** (en des temps immémoriaux, on appelait bêtement ça « briser la glace »). Ouvrir un rendez-vous de prospection avec un trait d'humour permet :

- de casser l'aspect formel de l'échange,
- d'établir un contact plus personnalisé et humanisé,
- de générer de l'intérêt,
- d'obtenir la participation voire l'adhésion de son client.

En résumé, ça présente l'avantage de transformer un échange purement économique en échange social. Pour les débutants briseurs de glace, nous suggérons d'avoir recours à l'autodérision.

Autodérision, j'écris ton nom

En effet, se choisir comme sujet de plaisanterie, c'est éviter le risque de blesser son interlocuteur ou de se montrer indélicat. C'est aussi se mettre sur un pied d'égalité, montrer qu'on ne se prend pas trop au sérieux et ainsi **réduire la distance qui nous sépare.**

Si vous travaillez dans un service de relation client ou un SAV, vous avez forcément une tonne de blagues à raconter (si toutefois vous n'œuvrez pas dans un milieu ultra technique auquel personne ne comprend rien). Les perles de clients sont une source intarissable de bonnes tranches de rigolade (à consommer à la pause-café ou déj' pour ne pas péter les plombs quand on se coltine le genre grincheux).

Si vous bossez pour une plateforme d'accueil téléphonique ou une hotline, attention de rire AVEC le client et pas du client. Quand il est question de réclamation ou de traiter avec un client mécontent, l'utilisation de l'humour permet de remettre de l'humain dans l'échange et de gérer l'interaction de manière plus personnelle et moins institutionnelle. Attention toutefois, car **cette stratégie peut se révéler à double tranchant**.

En l'espèce, n'oubliez donc pas nos règles d'or :

- **Détendez tout d'abord l'atmosphère** avant de tenter toute saillie humoristique.
- **Ne tentez pas de résoudre un conflit** ou de libérer une tension par l'humour. Réglez d'abord le problème, puis faites appel à l'humour pour finaliser sur une note plus légère.

Avec l'avènement des réseaux sociaux, les marques commencent à percevoir les intérêts de la gestion du service client avec de l'humour. La principale difficulté réside dans le recrutement de community managers à haut potentiel comique (à vous de jouer !).

Nous ne saurions que trop vous recommander d'aller faire un tour sur le compte Twitter « CM Hall of Fame » pour un best of des meilleures réparties des community managers des comptes des marques et institutions françaises. Un régal.

L’humour, c’est vendeur.

- 91 % des consommateurs préfèrent les marques « drôles ».
- 90 % des personnes interrogées déclarent mémoriser principalement les publicités à caractère humoristique, et 69 % d’entre elles n’ouvrent un e-mail non professionnel que si son objet est drôle.
- 77 % des consommateurs déclarent être plus enclins à acheter auprès d’un vendeur faisant preuve d’humour.
- Si une marque utilise l’humour, les consommateurs sont davantage tentés d’acheter de nouveau chez elle (80 %), de la recommander à leur famille ou leurs amis (80 %), de la choisir plutôt qu’un concurrent (72 %) ou de dépenser plus auprès de cette même marque (63 %).[12]

Dans certains cas (trop rares ?), ce sont les clients qui font preuve d’humour, notamment quand il est question de faire une réclamation ou de régler une facture.

Inspirez-vous de la lettre ci-contre et laissez libre cours à votre imagination. Râlez, rouspétez, faites connaître votre indignation. Mais avec humour, c'est tellement plus chic !

Cher Monsieur,

J'ai l'honneur d'accuser réception de votre lettre du XXXX dans laquelle vous me réclamez, pour la troisième fois, le règlement de mes échéances.

Sachez que si je ne conteste nullement ma dette et vous assure de ma réelle intention de vous payer dès que possible, j'ai beaucoup d'autres créanciers, tous aussi honorables que vous, que je souhaite également régler.

C'est pourquoi, chaque mois, je mets tous les noms de mes créanciers dans un chapeau et en tire un au hasard que je m'empresse de payer immédiatement.

J'ose espérer que votre nom sortira bientôt.

Entre-temps, je vous prie d'agréer, Monsieur, l'assurance de mes sentiments distingués.

P.S. : Votre dernière lettre étant rédigée de manière fort peu courtoise, j'ai le regret de vous faire savoir que vous ne participerez pas au prochain tirage...

XXXXXXX

Faites l'humour avec votre ordinateur

Les joies de la visio

Qu'il s'agisse d'une séance de brainstorming en « distanciel » (avant, on disait « à distance »... mais ça, c'était avant qu'on invente le « présentiel ») avec un·e collègue avec qui vous avez l'habitude de travailler ou d'une réunion zoom beaucoup plus formelle entre chefs de service, les visios, sont devenues notre lot quotidien.

L'humour y est essentiel, car il permet de **remettre de l'humain dans un mode de communication froid et déshumanisé**. Il est une aide précieuse pour maintenir ou créer du lien avec des interlocuteurs avec qui on ne partage plus que des moments sérieux et utilitaires.

Alors, si la première idée qui vous est venue à la lecture de cet intitulé est : « Mais ouiiiiiii, bien sûr, c'est tellement rigolo les filtres tête de chien et les arrière-plans plage de rêve », sachez que c'est un bon début... mais qu'en creusant un peu il y a encore mieux à faire.

Oui, utiliser des avatars ou des filtres c'est bien, mais, dans certaines circonstances, rien ne vaut un bon déguisement un peu miteux.

Marie G., qui pendant un certain nombre d'années a travaillé à distance avec le Canada, avait une réunion « visio » hebdomadaire avec son homologue québécoise. Le projet sur lequel elles travaillaient toutes les deux était disons... ~~franchement merdique~~ légèrement compliqué. Dans ce contexte tendu, rire était essentiel pour relâcher la pression mais surtout pour maintenir une forte complicité entre deux collaboratrices qui ne s'étaient jamais rencontrées IRL (« in real life », dans la vraie vie pour les francophiles et les anciens) et qui avaient besoin de se serrer les coudes et de se faire confiance.

Rapidement, il a été question d'accomplir des miracles pour sauver ce projet fort mal embarqué, semé d'embûches et qui avait déjà coûté quelques centaines de milliers de dollars canadiens.

C'est donc tout naturellement que le registre de la magie, des licornes, des princesses et des mondes imaginaires s'est imposé aux deux galériennes qui souquaient et écopaient en fond de cale. Pendant trois mois, en pleine tempête, elles ont tenu grâce à la bouée de sauvetage qu'était devenue la « visio » hebdomadaire, à laquelle se sont au fur et à mesure invités : baguette magique, chapeau de sorcière, diadème de princesse, déguisement d'Harry Potter emprunté aux enfants... Bref. Une surenchère de futilités absolument essentielles avec, pour seul objectif à chaque démarrage de session Skype : **surprendre et faire rire l'autre**. Elles ont tenu parce que ce RDV hebdomadaire qui démarrait par deux petites minutes de fou rire (nerveux) était la récompense de la semaine pour l'une et l'autre et constituait la promesse **d'une bouffée d'air frais** pour la semaine à venir. Et puis quel plaisir (solitaire mais si bon) de rire toute seule en cherchant ce qui allait bien pouvoir surprendre et faire rigoler la collègue à la prochaine « visio ». Ça peut paraître bête raconté comme ça, mais des années après, on en rit encore (et ça, ça n'a pas de prix).

Les (ré)jouissances de PowerPoint

On vous demande (encore) de pondre une énième présentation des axes stratégiques qui va (encore) servir à pas grand-chose ? On a un truc magique pour vous aider. Ça s'appelle le pipotron[13]. Il suffit d'appuyer sur un bouton pour obtenir des phrases toutes prêtes à être copiées-collées. **Le pipotron est un générateur automatique de phrases creuses** et totalement vides de sens qui permettent d'agrémenter vos documents.

Un exemple :
« Où que nous mène l'inconstance de ces derniers temps, on se doit d'examiner toutes les hypothèses réalisables, même si nous devons en tirer des conséquences. »

Un autre ?
« Quelle que soit la situation présente, il est nécessaire de ne pas négliger la totalité des problématiques déjà en notre possession. »

Allez, vous en prendrez bien un petit dernier, non ?
« Avec la dualité de la situation que nous constatons, je préconise un audit afin d'anticiper l'ensemble des décisions pertinentes, parce qu'il est temps d'agir. »

C'est tellement bien qu'on a l'impression de lire un discours de politicien, non ?

Et si en plus, vous mettez dans la confidence vos collègues qui seront présents lors de ladite présentation, vous n'êtes pas à l'abri d'un bon petit fou rire sous cape lorsque vous énoncerez d'un ton docte et ultra professionnel cette magnifique phrase 100 % bullshit. Et on dira bien ce qu'on voudra, mais, même sous cape (ou peut-être plus encore), rire va bien vous aérer l'esprit pendant ces réunions interminables et qui brassent (encore trop souvent) du vent.

Faites l'humour avec vos confrères

Quelle joie que l'humour corporatiste ! L'occasion de distiller des blagues qui rendent hilare une partie de l'auditoire pendant que l'autre reste de marbre. Il s'agit de vannes d'initiés, utilisant force jargon et multiples références connues des seuls professionnels de la profession.

Envie de tester une blague d'informaticien ?
C'est une requête SQL qui entre dans un bar, et le serveur répond : « Il n'y a plus de tables ! ». (Vous nous direz si elle est drôle, nous on l'a pas comprise.)

Et que diriez-vous d'un calembour de matheux ?
Que dit Pythagore quand il veut aller promener son chien ?
Médor, va chercher Thalès !

Seriez-vous plus sensible à un trait d'esprit de latiniste ?
Les bons latinistes savent que le nombre deux se réjouit d'être impair puisque : *Numero deus impare gaudet*.

Bon. OK. On arrête.

Mais dites-vous bien que ce n'est pas parce que vous ne les comprenez pas, qu'elles ne sont pas drôles. Vous venez simplement d'entrer dans la zone dite de la comédie mignarde. Mais qu'est-ce donc que ça ? nous demanderez-vous. On vous l'explique de ce pas.

Figurez-vous que l'humour fonctionne en cercles concentriques. De l'audience potentielle la plus large à la plus infime, à chaque ensemble d'individus correspond un type d'humour.

À l'extérieur du cercle, l'humour primitif peut-être compris par tout être humain. Universel, il est proche de celui de l'enfant. Il dépasse les barrières du langage, des mœurs, des coutumes, des cultures, etc. Il s'agit principalement d'un comique visuel. La tarte à la crème, les grimaces ou les gens qui tombent sont des exemples proches de ce que le philosophe Paul Scudo* entend par « rire primitif ».

*Auteur de *La Philosophie du rire*, qui est à l'origine de cette théorie.

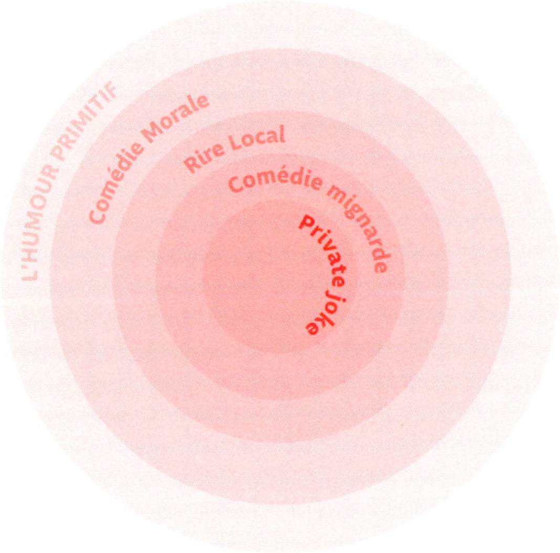

Le deuxième cercle, un peu plus restreint, est celui de la comédie morale. Elle vient avec la culture et le langage parlé. Elle se pratique au sein d'un même peuple, d'un continent ou d'un ensemble de pays dont les cultures sont proches. C'est une forme d'humour à spectre large qui se rapproche très probablement de ce que Gilles Lipovetsky théorise dans *L'Ère du vide* en parlant de la mondialisation : « Nous sommes arrivés à l'âge d'un humour de masse positif et désinvolte, qui a perdu toute dimension critique et satirique pour se cantonner dans des imitations ou des parodies. »

On peut y ajouter les jeux de mots.

C'est une sorte de blague universelle. Un article de la revue L'Éléphant, nous apprend qu'une étude sur le sujet a été menée en 2002 par la British Association for the Advancement of Science :

100 000 internautes de 70 pays ont soumis leurs blagues favorites et devaient attribuer une note à celles des autres. Sur les quelque 40 000 blagues partagées, on vous livre celle qui a retenu la majorité des suffrages :

Deux chasseurs sont dans les bois quand l'un d'eux s'effondre. Allongé sur le sol, il ne semble plus respirer et ses yeux sont révulsés. Paniqué, l'autre chasseur sort son téléphone portable et appelle les urgences. La voix tremblante, il dit à l'opérateur : « Je crois que mon ami est mort ! Qu'est-ce que je peux faire ? Aidez-moi ! » L'opérateur, lui répond d'une voix calme et apaisante : « Calmez-vous, monsieur. Je peux vous aider. D'abord, il est important de s'assurer qu'il est bien mort. » Silence. Puis un coup de feu retentit. Le chasseur reprend alors le téléphone : « OK, et maintenant ? »[14]

À la lecture de cette blague, une question demeure entière pour les autrices de ce livre : est-ce que ça valait vraiment la peine de mener une étude d'ampleur mondiale pour arriver à un tel résultat ? On vous laisse juge.

Vient ensuite le troisième cercle, celui du rire local où l'on plaisante sur la vie sociale et les mœurs d'individus qui partagent les mêmes références historiques et les mêmes habitudes (en gros, les habitants d'un même pays). On est, par exemple, dans la grande tradition des chansonniers qui brocardent la vie politique et l'actualité (l'excellente « Revue de presse » de Paris Première, par exemple).

Un petit pas de plus vers le centre de ce cercle et nous voilà arrivées à ce qui fut le point de départ de cette explication, l'avant-dernière orbe*, **la fameuse comédie mignarde**. Il s'agit de l'humour pratiqué par un groupe social restreint qui partage une expertise ou une connaissance très pointue d'un sujet. C'est donc celui auquel on s'adonne entre confrères (soit le sujet de la rubrique que vous lisez actuellement – on vous le rappelle parce que nous aussi, on était à deux doigts d'oublier le sujet initial).

Et enfin, la dernière orbe, *cream on ze cake*, **celle des *private jokes*** qui sont réservées à quelques *happy few*. Autant dire de l'humour d'initiés. Dans ce cas, il n'y a que très peu, voire qu'un seul récepteur capable de saisir le sel de la blague qui vient d'être émise. Elle peut même n'être adressée qu'à soi-même (vive l'autosuffisance humoristique !). Cette blague fait généralement référence à un fait ou un événement vécu par les seuls émetteurs et récepteurs de la blague… Non-initié, vous assistez, penaud, au fou rire incompréhensible et un brin excluant de deux personnes. Elles sont à fond sur l'autoroute de la rigolade et vous, en *warning* sur la bande d'arrêt d'urgence.

Mais revenons donc à notre humour mignard si vous voulez bien (c'est fou cette manie que vous avez de digresser en permanence et d'ouvrir parenthèse sur parenthèse ! Comment ? on la ferme ? Dites, ça va bien de nous parler comme ça… Aaaahhh… La parenthèse, oui bien sûr. Pardon). Certaines corporations sont plus friandes d'humour que d'autres. Les carabins ne sont-ils pas célèbres pour leurs blagounettes de plus ou moins mauvais goût ? D'autres corps de métier font, au contraire, plutôt office de cible (salut à toi le consultant ou le fonctionnaire !).

*On vous accorde que le mot « orbe » est peu usité mais c'est pour éviter la répétition de « cercle ».

Et puis il y a **l'humour corporatiste vachard**, quand le confrère se transforme en concurrent. Dans ce cas, on taille des shorts et on ne manie pas la vanne à fleuret moucheté.

« Jouer contre Lendl, c'est comme une journée de travail au bureau ».

Boris Becker

« L'armoire de mon bureau a pour moi plus d'intérêt qu'elle ».

Rachida Dati (au sujet de Nathalie Kosciusko-Morizet)

« Christophe Colomb fut le premier socialiste : il ne savait pas où il allait, il ignorait où il se trouvait… et il faisait tout ça aux frais du contribuable ».

Winston Churchill

« C'est de l'enfer des pauvres qu'est fait le paradis des riches. C'est de Gad Elmaleh… Non, c'est de Victor Hugo, mais Gad, il le dit mieux ».

Patrick Timsit

Last but not least

Dernières recommandations avant de se quitter (pour mieux se retrouver à la page suivante, bien sûr !). Au travail comme ailleurs, soyez honnêtes dans votre pratique de l'humour. **Par pitié, ne l'instrumentalisez pas, n'en faites pas un outil de contrôle, de manipulation ou un défouloir.**

N'en faites pas non plus une solution de facilité ou un cache-misère : « Si si, regardez, on fait des efforts, on a installé un toboggan à la sortie du parking, monté une scène de stand-up entre les toilettes et la machine à café et accroché des dessins du Chat de Philippe Geluck dans la salle de réunion ». Même si c'est un bon début, le Chat.

NON.

L'humour au travail est un état d'esprit général, une philosophie, mieux, une hygiène qui se pratique dans le respect et la prise en considération de chacun. C'est une ambiance générale gaie et pas des moments soupapes où on a besoin de tout relâcher (voire de péter les plombs) tellement on a accumulé.

S'amuser au travail c'est avant tout prendre du plaisir à accomplir son job.

Alors, patrons et décideurs, par pitié ne faites pas du *laugh washing* comme certains vendeurs et autres fabricants de ~~merdes~~ trucs franchement nocifs font du *greenwashing*. Ne ripolinez pas une ambiance délétère et des conditions de travail stressantes avec trois stages de rigolade et l'embauche d'un comique pour la présentation du bilan de fin d'année.

MERCI.

Faites l'humour avec des vieux

> **“ L'âge mûr, c'est la période de la vie qui précède l'âge pourri . ”**
>
> *Pierre Desproges*

Autant vous le dire tout de suite, pour nous, aborder ce sujet, c'est un peu flippant. *A priori*, on pourrait se dire : quelle est la partie de la vie la moins golri ? Celle qui se passe en Ehpad.

Même avant le scandale abominable mis au jour chez Orpéa[15], on n'avait pas tellement hâte d'y arriver, vers la fin du grand livre de la vie. Et pourtant, vieillir, quand on y réfléchit, c'est plutôt chouette. Ne pas vieillir ça veut dire qu'on est mort. Et la mort, même si elle est inéluctable, n'a pas l'air super marrante. Enfin, c'est ce qu'on se dit. Parce qu'en vrai on n'en sait rien. Si ça se trouve, la mort, c'est une sorte de grande boîte de nuit hyper fun avec de la bonne musique pas trop forte (parce qu'on est vieux donc faut pas que ça sature les sonotones), avec des chips et des cocktails qui ne font pas grossir, des gens sexy et super sympas qui ont réglé tous leurs problèmes et ne font suer personne, et aucune déclaration de revenus (même pré-remplie) à faire.

On le saura quand on y sera. Et ce qui est ballot c'est qu'on ne pourra pas vous le dire (si jamais, comptez sur nous).

Même si savoir qu'on va mourir un jour fait partie des privilèges qu'on a, nous, les humains, la perspective de vieillir nous file quand même un peu les chocottes. On le sait, tout privilège s'accompagne de sa contrepartie. Vu qu'on a la « chance » de savoir qu'on va mourir*, on fantasme notre mort. On se fait des films, on imagine avec moult détails tout ce qui pourrait advenir de notre petite personne dans le futur.

*Mais sans qu'on connaisse la date, pour entretenir le suspense.

C'est là que ça devient rigolo parce que :

1. Selon la catégorie à laquelle vous appartenez, le film peut être *Un long fleuve tranquille* ou *Saw 6* (ou Saw 7. Amateurs de calembours, régalez-vous !) ;

2. Ça ne se passe en général pas (du tout) comme on l'avait imaginé, dis donc. Parce que la vie est surprenante et qu'elle fait à peu près ce qu'elle veut… jusqu'au bout.

Car oui, (attention, scoop !) jusqu'à tant qu'on soit mort, on est en vie. La seule chose qu'on peut à peu près maîtriser, c'est la façon de la voir, la vie. C'est l'histoire du verre à moitié vide ou à moitié plein. Le fameux filtre golri qu'on vous propose d'apposer.

On s'est donc demandé comment ça se passe quand on vieillit. Est-ce qu'on peut encore contrôler quelque chose (quand on n'arrive même plus à contrôler ses sphincters) ? Continuer à rire ? Du moins en avoir envie ?

Ne nous mentons pas. Ce qui nous guette quand on prend de l'âge, c'est de devenir membre de la team « C'ÉTAIT MIEUX AVANT » (façon polie de dire « un vieux con/une vieille conne »). De tout critiquer parce qu'on ne comprend plus grand-chose à la vie ou qu'on a du mal à s'adapter aux changements, ou qu'on en a simplement plus l'envie. *Spoiler alert* : il n'est pas nécessaire d'en être à l'âge où on peut se vanter avec des anecdotes du type « moi, pour Noël, on m'offrait une orange » ou « j'ai vu Michel Drucker débuter à la télé ». Ça peut arriver très vite, même vers 22 ans, pour peu qu'on soit vieux dans sa tête.

Et devinez quel est l'un des antidotes à la CétaitMieuxAvantite ? L'humour ! Eh oui, là encore, c'est prouvé : **rigolez, vous vieillirez mieux.** Et ne croyez pas qu'on dit ça parce que ça nous arrange, eu égard au sujet de ce livre. On pourrait, mais figurez-vous qu'on n'a même pas besoin de tricher.

Selon un sondage de 2013, 94 % des Français jugent que le rire a un impact positif sur leur santé psychique, 93 % qu'il permet d'atténuer leur niveau de stress et 84 % qu'il est bon pour le cœur. Pour 78 % des personnes interrogées, rire améliorerait la qualité du sommeil, la digestion (64 %) et aurait un effet positif sur la douleur ressentie (74 %). Vu que ce sondage a été commandité par Aquafresh, on ajoute qu'une haleine fraîche est également source de joie et de bonheur pour les gens qui vous entourent. Donc n'hésitez pas, brossez-vous (les dents).

Le problème, on l'a vu plus haut, c'est que **plus on vieillit, moins on rit**. Avec l'âge, on devient plus sérieux. La faute à la vie qui nous tend des petits pièges ? Oui, mais pas que. La faute aussi à notre cerveau qui vieillit et comprend moins vite. Ou qui n'a pas/plus les références. Comment apprécier à sa juste valeur la énième vanne sur la belle voix du rappeur marseillais Jul, si on ne sait ni qui est Jul, ni ce qu'est un vocoder ? Spéciale dédicace à Marie G., qui couine « y en a pas marre de taper sur Jul ? ». Réponse de Sandra C. : « Il a qu'à pas chercher. » On vous l'accorde, ce débat est stérile.

L'humour étant proche du jeu, il est un vecteur d'apprentissage. Il semble donc logique qu'il soit plus développé chez les enfants (qui ont besoin d'apprendre rapidement ce qui sera utile à leur survie, pour pouvoir s'en servir longtemps) et moins chez les vieux (eux, ça fait longtemps qu'ils ont « bien compris merci » comme dirait Céline Dion). Et puis, ce qui fait rire les enfants, par exemple, les chatouilles, fonctionne de moins en moins avec l'âge. Avez-vous déjà essayé de chatouiller votre papy sous les aisselles ? On est prêtes à parier que non*.

*Dans le cas contraire, tenez-nous au courant du résultat sur notre compte Instagram @lepointgolri. Et surtout, envoyez-nous des photos de votre aïeul mort de rire (si vous nous permettez l'expression).

Pour chatouiller (et pour que ce soit agréable pour le chatouilleur et le chatouillé), il faut qu'il y ait une certaine proximité, voire une intimité corporelle. Et on espère pour vous que celle que vous entretenez avec votre papy n'est pas trop proche (sinon, c'est glauque et on est désolées pour vous).

Mais ce n'est pas pour ça qu'il faut se priver de lui faire des blagues, à Papy. Mais des blagues « cool ».

Notre conseil : Adaptez-vous ! Avec les personnes âgées, faites comme avec les enfants. Des blagues ni trop difficiles, ni trop faciles à saisir. Mais ne les prenez pas non plus pour des débiles, hein. Parce qu'être vieux, ça veut dire en avoir déjà entendu par paquets de 12, des boutades. Et des pas mal. Rappelez-vous que la vieille personne qui est en face de vous a, elle aussi, connu les pipis culotte à force de fous rires. Si ça se trouve, cette personne, qui semble aussi rabougrie du cerveau que du derrière, a peut-être fait mourir de rire des assemblées entières. Ou bien, elle n'a peut-être pas eu une vie très rigolote (même si elle, au moins, quand elle avait des dents, elle pouvait manger de la viande sans avoir l'impression d'être une sale égoïste qui crame la planète à la moindre entrecôte, donc, camembert - végétal bien sûr - les minots), mais elle est toujours là. C'est donc qu'elle a trouvé comment sourire dans ce monde de brutes.

À moins que le secret de la longévité soit de râler. Râler ça conserve, c'est prouvé. Une étude réalisée sur 6 000 patients et publiée dans le *Journal Health Psychology* conclut que contenir, voire réprimer ses émotions, conduit à une accélération du rythme cardiaque, qui peut à la longue augmenter les risques d'hypertension, de pathologies cardiaques et rénales et même de cancer. Il serait donc bon pour soi de râler. Enfin… nuançons cette conclusion. Râler un peu, oui, de manière constructive, oui. Grogner sur tout et n'importe quoi, tout le temps et sur tout le monde (et toujours pour les mêmes choses), c'est non. C'est marrant comme ça rappelle ce qu'on a déjà dit sur l'humour ça, non ? Imaginez... Si ça se trouve, pester avec humour démultiplie les effets des deux « disciplines ». **De quoi devenir centenaire** sans virer vieux con. Notre truc (de grand-mère, forcément) : si vous êtes propriétaire, faites une bonne blague, vendez votre logement en viager #TeamJeanneCalment (Qui a vendu, à 90 ans, son appartement en viager à son notaire. Elle est morte à 122 ans, profitant ainsi d'une rente mensuelle pendant 30 ans. Il est mort avant d'avoir pu profiter de ce bien, payé plus de deux fois son prix de base. Hihihi).

> « **Je me suis rendu compte que j'avais pris de l'âge le jour où j'ai constaté que je passais plus de temps à bavarder avec les pharmaciens qu'avec les patrons de bistrot.** »
>
> *Michel Audiard*

Mais vieillir, ça n'est pas que dans la tête. C'est dans le corps aussi. **Vieillir, c'est accepter de renoncer.** Renoncer à pouvoir enquiller les andouillettes/frites/béarnaise, les shots de tequila et les nuits de folie qui sont plus belles que vos jours. Pour affronter tous ces renoncements, semblables à de petits deuils, il faut une bonne grosse dose d'humour.

À l'image de Claude Sarraute, par exemple. Journaliste et chroniqueuse, notamment auprès de Laurent Ruquier (qui ne l'a pas mise au rebut dès la première ride, et on l'en remercie, parce que c'est – très, ou trop – rare de voir des vieilles dames à la télévision), à plus de 95 ans, elle continue à faire l'humour. Claude Sarraute a eu mille vies, et dans toutes, a fait montre d'un esprit facétieux.

Si son corps se fait la malle, son esprit, lui, reste vif.

Ainsi, à Laurent Ruquier qui l'appelle en direct pendant *Les Grosses Têtes** pour prendre de ses nouvelles, elle répond : « Je suis laide. C'est phénoménal. Vous vous rappelez peut-être que j'avais un petit nez ? Maintenant, j'ai un énorme nez ! »

Claude Sarraute, c'est la vieille dame indigne qui rit de son propre « malheur » et nous permet d'en rire avec elle.

Nous, les vieux qui « s'autodérident », ils nous donnent beaucoup plus envie de vieillir que ceux qui s'aigrissent.

*L'émission qu'il présente sur RTL et à laquelle Claude Sarraute a participé.

Faites l'humour quand c'est dur

« Frôler la mort n'est rien.
Passer à côté de la vie est beaucoup plus grave. »

Jean-Jacques Thibaud

Peut-on faire l'humour quand on doit remplir sa déclaration de revenus, gérer une très mauvaise nouvelle ou, pire, quand la mort approche (et dans ce cas risque-t-il d'y avoir conflit d'enterrés) ?

Vous vous doutez de notre réponse. Pour nous, c'est un grand OUI. Il est possible de faire l'humour dans toutes les situations de la vie. La question est : comment ?

Voici venu le moment d'aborder ZE situation. La plus critique. Celle dont on ne se remet pas. Comme le dit l'adage : « Qui peut le plus peut le moins ». Quand vous saurez faire avec le pire, vous pourrez composer avec moins pire.

Trigger Warning pour tous les thanatophobes. Dans ce chapitre vous risquez d'apprendre des trucs incommodants. Par exemple, que la seule chose dont on soit sûr dans la vie, c'est qu'on meurt tous à la fin.

Mourir de rire avec les autres

> **« La mort...**
> **Si on est touché soi-même, on a intérêt à en rire ;**
> **et si on n'est pas touché, on n'a pas de raison**
> **de ne pas en rire. »**
>
> *Coluche*

La moitié de ce duo d'autrices souhaite partager une expérience personnelle. Alors laissons la parole, ou plutôt le clavier à Sandra C., qui, dans sa folle jeunesse, a longuement posé son séant sur les bancs de la faculté de psycho en vue d'y obtenir un beau diplôme, qui n'a pas fait d'elle la nouvelle Freud, mais lui permet de décorer avantageusement le mur de son bureau qui ne reçoit jamais de visiteur... Ah ! la solitude de l'auteure. Lors de ses études, Sandra a donc eu la grande chance de découvrir, à l'occasion **d'un stage en unité de soins palliatifs**, que la mort n'était pas une invention. Excusez sa naïveté. Mais prenez en compte, à sa décharge, qu'on lui a longtemps fait croire qu'un gros monsieur en costume synthétique pouvait se glisser dans la cheminée allumée sans finir rôti telle Jeanne d'Arc au bûcher.

C'est son premier jour de stage. Elle arrive, pleine de candeur, à l'hôpital et appelle l'ascenseur qui doit l'amener à l'unité de soins palliatifs, au 5e et dernier étage. Ding. La porte s'ouvre. Elle pénètre dans l'ascenseur, salue timidement les deux infirmiers qui papotent tranquillou et s'installe sagement dans le seul espace vacant. À côté d'un brancard occupé par un type qui, visiblement, à en juger par son accoutrement (une housse zippée des pieds jusqu'à la tête), ne doit plus respirer (du moins, elle l'espère pour lui sinon ça doit pas être très agréable). Sandra réalise à cet instant qu'elle jouxte une personne qui, comme qui dirait, semble être définitivement décédée. Voilà. Elle prend en pleine poire que visiblement, non, la mort c'est pas comme les pilules qui font maigrir sans effort, c'est pour de vrai.

À ce moment-là, elle se dit que si elle doit mourir d'un truc dans cet endroit, ce sera plus de peur que de rire. Quand on est au bout de sa vie, est-ce qu'on a envie de rigoler ? Sandra mettrait sa main à couper que non. **Mais bientôt, elle découvre que le bout de la vie, eh bien, c'est encore la vie.**

Que rire fait partie de la vie, même quand il n'en reste qu'un tout petit peu. Que rire aide à rester en-vie. Certes, le rire ne fait pas guérir. Mais on peut gai-rire.

> « **Les rires, ce sont les larmes qui se consolent toutes seules.** »
>
> *Christian Bobin*

Mais comment rire dans des lieux, des circonstances aussi émotionnellement compliquées ?

Car après tout, la mort touche au sacré. Et le sacré peut être inhibant. Mais, dans ce type de situations dramatiques, rire n'a pas de lien avec la morale. **L'humour a ses raisons que la morale ignore.** S'il survient, laissez-le arriver. Vivre ses émotions, c'est être humain et en vie.

Mourir de rire selon Manu Payet

Même quand je pleure je me fais rire. Mon œil est toujours attiré par ce qui est drôle, même dans les situations dramatiques. Mon cousin est mort, il avait 16 ans, sa maison s'est écroulée sur lui. À ses funérailles, j'avais 12 ans, j'avais beaucoup de chagrin. Le prêtre disait plein de trucs tristes et une mouche est entrée dans ses lunettes, c'était hyper drôle. Du coup, j'étais hyper triste et en même temps gai, comme consolé. Ça a été comme un réflexe de survie.

Manu Payet a expérimenté ce que Kant appelle « la décharge humoristique » : plus on est confronté à une situation difficile, plus on a besoin de rire. C'est pour cette raison que les fous rires aux enterrements sont si nombreux. Rien à voir avec le fait d'être impoli et de manquer de respect au défunt. Au contraire même. Parce qu'il est la manifestation du vivant, **le rire va aider ceux qui restent à mettre du réconfort dans leur peine**. L'humour dans ce cas-là, c'est un peu comme voir un magnifique arc-en-ciel apparaître sous des trombes d'eau. C'est cette joie de ressentir un sentiment contraire à celui qu'on attendait, même si on sait que la réalité n'en est pas moins noire.

> « **Mieux vaut rire aux vivants que de pleurer aux morts.** »
>
> *Georges Clemenceau*

Les équipes soignantes rient. Ça rit parce que sinon, comment tenir le choc ? Travailler tous les jours au contact de la mort ou de la souffrance ne laisse personne indifférent (même si on s'habitue. Un peu). Le rire soulage, le rire permet de tenir à distance l'angoisse. Il permet de créer du lien entre des équipes qui ont besoin d'être soudées pour être efficaces.

Le fameux « **humour carabin** »* en est une bonne illustration. Les étudiants en médecine n'y vont pas avec le dos du stéthoscope quand il s'agit de faire des blagues ou des chansons paillardes. Nous ne rentrerons pas ici dans les considérations certes très intéressantes de savoir si ce type d'humour doit être interdit car trop sexiste, trop macabre, trop obscène, trop plein d'autres choses.

*Pendant qu'on vous tient, on va vous permettre de briller en soirée. Carabin, viendrait de « escarabin » qui désignait en français médiéval, un scarabée fouisseur. Et donc, par une fine observation, les humains ont remarqué que lorsqu'un être doué de raison enfouissait des choses sous terre, ce n'est pas qu'il se prenait pour un scarabée, mais que c'était probablement son métier. Et qu'à l'époque des épidémies de peste, cette personne enfouisseuse était souvent étudiante en médecine. Et qu'en fait, elle enterrait des gens. À l'époque actuelle, ce métier peut se pratiquer en amateur. Mais uniquement si vous vous appelez Xavier Dupont de Ligonnès et possédez une terrasse.

Mourir de rire avec des enfants malades

> « Un clown est comme une aspirine, excepté qu'il agit deux fois plus vite. »
>
> *Groucho Marx*

Y a-t-il encore plus terrifiant qu'accompagner un adulte sur son dernier chemin ? Oui. Accompagner un enfant dans une maladie grave.

C'est effroyable. Ce n'est pas du tout dans l'ordre des choses qu'un plus jeune que soi meure ou soit gravement malade. Notre cerveau est programmé pour accepter la mort de nos aïeux mais pas celle de nos descendants. D'ailleurs, si on devient orphelin quand on perd ses parents, que devient-on quand on perd son enfant ? Il n'existe pas de mot pour cela. C'est tellement impensable, voire impensé, qu'on ne s'est même pas donné la peine d'en inventer un. Ce dont on ne parle pas n'existe pas, donc super, n'en parlons pas et on aura réglé le problème. Youpi la vie. Sauf que… la vie justement. Parfois, elle n'est pas sympa. Voire franchement désagréable.

Alors quelle est la place du rire dans les unités d'oncologie pédiatrique, par exemple ?

Pour cette partie du chapitre, nous n'allons pas nous appuyer sur l'expérience de Sandra. Elle n'a jamais été dans ce type d'endroit (et elle ne s'en plaint pas, elle doit bien l'avouer). Mais elle a entendu parler, et vous aussi on imagine, de cette fabuleuse association qu'est Le Rire médecin. Fondée par Caroline Simonds, une Américaine qui voulait devenir médecin mais qui a lâché à la fin de la première année.

La légende dit que c'est parce qu'elle n'a pas supporté le décès d'un vieux patient qu'elle adorait, rencontré lors de son premier stage d'aide-soignante. Moui... Genre la meuf, elle savait pas que les vieilles personnes mouraient ? Notamment à l'hôpital ? Moui... Laissez-nous rire.

Eh bien justement, c'est ça qu'elle a décidé de faire Caro. Installée à Paris, elle joue pendant 10 ans à la saltimbanque, profitant de ses talents de clown et de musicienne pour faire rire les foules.

Finalement rattrapée par son désir d'aider et de soigner, elle fonde l'association **Le Rire médecin** en 1991. C'est à l'Institut Gustave Roussy (haut lieu de comique et de fantaisie) que cette grande aventure a commencé. Si au début, soignants comme parents sont sceptiques, force est de constater que les clowns aident les enfants à mieux vivre leur séjour à l'hôpital. Ce qui est assez miraculeux quand on y pense, parce que les clowns, tout comme les Pères Noël chelous dans les supermarchés, ça peut bien faire flipper les enfants.

Il faut dire que l'association n'emploie pas n'importe quels clowns. Ils sont formidables. **Drôles, doux et dingues***. Ces clowns sont formés à faire rire dans cet espace et avec ce public si particulier que sont les enfants hospitalisés. Depuis septembre 2015, une certification professionnelle de « comédien clown en établissement de santé » existe. Jouer dans une chambre stérile avec un petit d'homme perfusé de partout, ce n'est pas la même chose que de se produire sur une piste de cirque devant un public joyeux en pleine santé.

*Vous trouverez dans la bibliographie le lien vers le très joli documentaire de Sara Giraudeau « Mes héros ».

Les enfants les adorent. Parce qu'ils permettent de reprendre un peu de l'énergie du jeu. De faire surgir du rire, du vivant dans cet environnement si mortifère. Ils cessent, pour quelques instants, d'être des enfants malades pour redevenir juste des enfants.

Les parents aussi les adorent. Nombreux sont ceux qui ont si peur, ou sont si peu à l'aise pendant les soins, qu'ils ne s'autorisent pas à jouer avec leur enfant à un moment qui serait pourtant très propice. Alors ces clowns avec leurs perruque, maquillage et costume extravagants, personnages hauts en couleur, allègent ces moments critiques. Dans un quotidien si gris, ils offrent une respiration permise et même encouragée.

Les soignants aussi les adorent. Ils voient bien la différence lorsque les clowns sont là et qu'ils contribuent à maintenir l'intégrité de la vie psychique des malades, constamment mise à mal par la maladie, l'isolement, la lourdeur des traitements. Les soins « passent » mieux. L'équipe soignante est souvent associée aux « spectacles » des clowns dans les chambres. Ce qui lui permet de devenir autre chose aux yeux de leurs petits patients que ceux qui peuvent faire mal avec leurs gestes techniques.

Là encore, le rire crée du lien. Remet de l'humanité et du vivant.
Permet de tenir la mort à distance.
Même si, parfois, elle finit par gagner.

> **“ Rire, c'est refuser de se laisser aigrir par notre impuissance et nos échecs, c'est montrer que la vie reste la plus forte et qu'en son centre, on a placé la joie. ”**
>
> *Alexandre Jollien*

Rire avec les handicaps

À l'heure où on ne peut plus rien dire, peut-on faire des vannes avec des handicapés ? Surtout lorsque l'on n'est pas soi-même une personne en situation de handicap (comme on dit quand on parle correct).

Oui, bien sûr qu'on peut rire avec des personnes handicapées, leur faire des blagues. ET HEUREUSEMENT !

Sinon ça voudrait dire quoi ? Pas de bras, pas de chocolat. Pas de gambette, pas de blagounette ? Ça voudrait dire qu'on ne les considère pas suffisamment intelligentes pour comprendre que c'est de l'humour ? Qu'on les trouve trop chelous comme humains pour rire avec elles ? **Exclure la possibilité de rire avec quelqu'un, c'est l'exclure tout court.**

Alors rions.

> « **Peut-on rire du malheur des autres ? Ça dépend… Si le malheur des autres est rigolo, oui.** »
>
> *Philippe Geluck*

Rions AVEC elles. Et non pas D'ELLES. C'est là toute la différence. Il ne faut pas se tromper de sujet. On ne rit pas du fait que la vie soit plus difficile lorsqu'on est handicapé, pour la bonne et simple raison que ce n'est pas drôle. On ne rit pas de la « diminution » physique ou psychique générée par le handicap. On rit du handicap, et non de la personne. **On rit de l'absurdité de certaines situations.**

Si vous avez déjà poussé un fauteuil roulant dans une ville, vous avez pu vous rendre compte du nombre incalculable de connerires* qu'il y a à raconter.

Bruno Solo nous livre une anecdote à ce sujet :

Un jour, je faisais une émission de télé avec Gilbert Montagné. On devait répondre à des questions et il y avait un buzzer devant nous. Et à un moment, il veut répondre à la question et, pour lui faire une blague, je fais exprès de bouger le buzzer. Il tape mais à côté bien sûr. Malaise sur le plateau. Le seul qui était mort de rire, c'était Gilbert.

Pour moi, il n'est pas question de ne pas être compassionnel. Au contraire. Mais l'humour, ça aide à ne pas enfermer quelqu'un dans son handicap.

Là aussi, et peut-être plus qu'ailleurs, l'humour doit être source de plaisir pour l'émetteur comme pour le récepteur, sans risque ni volonté d'atteindre l'autre dans son humanité. **Il faut être très clair dans ses intentions.**

Prenons un exemple. Une vanne dite par Dieudonné humoriste ou par Dieudonné militant n'aura pas du tout la même résonance. Ce n'est pas une question de personne, c'est une question de positionnement. Dis-moi d'où tu me parles, je te dirai ce que j'entends.

Une même blague émise par une même personne aura un impact différent selon la posture sociale ou idéologique qu'elle adopte sur le moment. La question est de savoir **de quel terreau se nourrit la blague**. De ce terreau découle la nature de la connivence établie par le rire. **Dis-moi d'où tu ris et je rirai avec toi.**

*Oui, Corinne, c'est un néologisme.

Sandra, encore elle, a eu la joie de participer à cette incroyable aventure télévisuelle qu'a été *On n'demande qu'à en rire**. Pendant trois saisons, elle a certes beaucoup, beaucoup travaillé, mais a aussi beaucoup, beaucoup ri et regardé ses camarades humoristes aborder des sujets auxquels elle n'osait pas se frotter. Notamment le handicap.

Florent Peyre et son cultissime sketch « Un handicapé est allé voir *Intouchables* » (écrit avec Claire Jaz). Jérémy Ferrari et sa rubrique « HandiCap ou HandiPasCap » dans le *Ondar Show*.

Quand on regarde ces vidéos, ce qui est génial, c'est de voir la liberté avec laquelle ces humoristes rient avec le handicap, dépassant les limites sans jamais que ce soit gratuit. À l'époque de l'émission, des personnes en situation de handicap sont venues, nombreuses, sur le plateau pour participer à des sketches. Elles ont été mises en lumière et on a ri ensemble. Lorsque Jérémy avait des retours négatifs, ils émanaient, dans l'immense majorité des cas, de personnes « valides ». **Les premiers concernés étaient heureux qu'on « ose » rire avec eux, parce qu'ils se sentaient inclus.** Visibles. Ils étaient heureux parce que rire franchement des difficultés à vivre avec un/des handicaps, c'est y mettre de la distance, reprendre le pouvoir.

« Si on n'en rit pas, alors on fait quoi : on s'assoit et on pleure ? » dit souvent Jérémy Ferrari. Il a tellement raison.

Peut-être que vous vous dites que des « valides » qui font des blagues sur des « handicapés » c'est malaisant.

*Une émission où des humoristes plus ou moins connus ou confirmés venaient faire des sketches sous les regards de Laurent Ruquier, Catherine Barma, Michèle Bernier, Éric Métayer et bien d'autres. Une sorte de télécrochet pour rigolos.

Alors on vous invite à regarder des sketches ou des séries écrits et interprétés par des personnes en situation de handicap et vous verrez qu'ils vont souvent beaucoup, beaucoup plus loin :

- **Vestiaires :** 12 saisons, 435 épisodes. Diffusée depuis 2011 sur France 2.
- **Guillaume Bats :** l'humoriste qui souffre de la maladie des os de verre, « découvert » par Jérémy Ferrari.
- **Lilia Benchabane :** toute jeune humoriste lilloise, malvoyante et albinos.

Au cas où vous seriez handicapé de l'internet, on vous a mis tous les liens en bibliographie.

Mourir de rire de soi-même

Est-ce que l'humour peut aider à mettre à distance la maladie ? Par exemple le cancer ?

Inutile de vous faire attendre plus longtemps la réponse à cette question insoutenable, c'est évidemment OUI, oui, et re-oui.

Parce que le rire est un protecteur du psychisme, **il va aider à apprivoiser l'angoisse de mort**, à être plus fort, plus libre par rapport à elle. La maladie prend beaucoup de place. Le rire crée de l'espace et remet un peu de vie.

De la même manière qu'on aime tous se raconter que, dès juin 1940, on serait entré dans la Résistance et qu'on aurait pécho illico le 06 de Jean Moulin... Tant qu'on ne l'a pas vécu, on n'en sait rien. Même si on aime s'imaginer rire et faire rire avec sa maladie, peut-être qu'on n'y arrivera pas. C'est arrivé au pont qu'on traverse la rivière.

Avant, on peut s'imaginer comment ça serait, comment on réagirait, mais on ne le sait que lorsqu'on doit traverser.

Rire quand c'est dur avec Claudia Tagbo

Il y a quelques années, Claudia a eu un cancer du sein.

J'ai décidé d'en faire un sketch pour que les gens aient moins peur. Qu'ils se disent : « Quelqu'un de connu est passé par là. » Je l'ai fait parce que les gens savaient, je l'ai dit et ça m'a fait du bien. Je ne l'ai jamais nommé. J'ai juste joué sur l'ambiguïté. « J'ai été choisie ». J'ai transformé ça comme si c'était un honneur. C'était une façon de lui dire : « Regarde, j'ai parlé de toi à tout le monde, maintenant, lâche-moi ».

Je me souviens de ce petit garçon. Il avait 9 ans. Il était en radiothérapie avec moi. Il m'a dit en souriant : « T'inquiète, ça va bien se passer. »

Utiliser l'humour, c'est se sentir vivant. Souvent, on a besoin de temps pour rire d'un événement douloureux. Il faut laisser s'exprimer l'angoisse de la maladie et la réalité de sa mort qui devient soudain très concrète. C'est en vivant ces souffrances, en ne les tournant pas en dérision que, paradoxalement, le rire peut advenir. On n'est pas obligé de rire de la maladie (ni de quoi que ce soit d'ailleurs), mais c'est important de savoir qu'on peut s'autoriser à voir la vie sous son aspect joyeux, même quand c'est dur. Rire aide à vivre avec une réalité difficile.

C'est probablement pour ça que l'humour juif fait tant rire. Il symbolise la résilience, montre au monde que l'on a été plus fort, malgré tout. Pour paraphraser un célèbre poète contemporain, Florent Pagny : « Non, vous n'aurez pas ma liberté de rigoler ».

Et puis si on ne peut plus rire de la mort, autant se flinguer tout de suite, non ?

> **« Un bon fou rire vaut mieux que dix cachets de valériane. »**
>
> *Anne Frank**

Rire quand c'est dur avec Philippe Geluck

Ce qui m'a complètement bouleversé, c'est lorsqu'un ami de mes parents, rescapé d'un camp de concentration, pour qui je faisais des dessins sur le devoir de mémoire, m'a dit : « Dans les camps, il nous est arrivé de rire, c'était notre moyen de résistance. Il nous arrivait de rire comme des crétins de nos tortionnaires. Et ceux qui n'arrivaient plus à rire lâchaient la rampe, ne survivaient pas. Comme si le rire était synonyme de survie »

Si on ne peut plus rire, c'est la fin.

Je souhaite aux femmes à qui on impose la burqa de réussir à rire. Un jour, des journalistes français à Kaboul avaient montré mes dessins sur la burqa à des Afghanes et elles avaient ri et ajouté : « Lui, il prend notre défense ».

*Source ABC Citations. Oui, on est d'accord avec vous, cette citation paraît dingue.

9.

Faites l'humour avec (presque) n'importe qui

“

Les gens qui ne rient jamais, ne sont pas des gens sérieux.

”

— Alphonse Allais —

Si faire l'amour à tout âge est un moyen d'améliorer substantiellement sa vie, faire l'humour avec tout plein de gens est une belle manière d'ouvrir le champ des possibles. Considérer comme putatif compère de marrade une personne que l'on n'avait jusqu'ici jamais envisagée comme tel peut être surprenant et inattendu. Or, quoi de plus plaisant que l'impromptu qui débarque à l'improviste dans notre vie ? C'est l'occasion de s'essayer à de nouvelles pratiques, d'aller rire ailleurs pour voir si vous y riez aussi.

Attention ! Ne nous faites pas dire ce qu'on n'a pas écrit. L'idée n'est pas de « scorer ». Pas question de remplir un tableau de chasse en dégainant des blagues à tout bout de champ au risque qu'une vanne perdue blesse un badaud*. Faire l'humour avec un maximum de partenaires n'est pas une obligation (chacun fait bien comme il veut), vous pouvez être sélectif. Les trucs et astuces qu'on a partagés avec vous jusqu'ici restent valables avec tout type de complice.

On vous suggère dans les pages qui suivent quelques potentiels compagnons de poilade, à titre d'exemples. La liste n'est, bien évidemment, pas exhaustive et c'est avec curiosité et gourmandise qu'on recueillera et partagera toutes vos suggestions de nouveaux partenaires de rigolade sur notre Instagram @lepointgolri.

*En d'autres termes, inutile de s'esclaffer bruyamment à tort et à travers.

Faites l'humour entre voisins

S'il est une source intarissable d'occasions de pratiquer l'humour, ce sont bien les vicissitudes vicinales. Sauf à habiter sur une île déserte, on a tous éprouvé, à un moment ou à un autre, les désagréments du voisinage.

Tout d'abord, qu'est-ce réellement qu'un voisin ? Le voisin est une personne avec laquelle on entretient une relation non identifiée. Pas tout à fait un inconnu, probablement pas un ami mais potentiellement un ennemi. Le rapport de voisinage est ambivalent. **Comment concilier promiscuité** (parfois extrême) et **anonymat** ? Ainsi se noue une relation de perpétuel évitement. Un jeu du chat et de la souris où l'on fuit plus que tout l'affrontement direct, le face-à-face. On croise le voisin dans l'ascenseur, on lui adresse un regard en coin. Parfois, on ose un sourire timide qui, s'il n'est pas immédiatement suivi de la réciproque pour accuser réception, restera cantonné à tout jamais à cette seule et unique tentative dont l'échec vouera aux gémonies le récipiendaire marmoréen (oui, parfois on s'emballe et on fait du style). Après tout, à part notre lieu de résidence, qu'est-ce qui nous lie à ce semi-étranger ? Un palier, un vis-à-vis, un plafond, un plancher, un mur mitoyen, une cour, un local poubelle ? C'est si peu et c'est déjà tellement.

Face à un voisin bruyant, peu civil ou irrespectueux, parfois les nerfs lâchent, on n'en peut plus. Pour autant, on ne peut pas se laisser déborder par la rage (principalement pour des raisons pénales). **S'offrent alors à nous deux possibilités : la colère ou l'humour.** Parfois les deux. Ainsi s'est développée une pratique, que dit-on une pratique, un sport national : **les petits mots de cage d'escalier.**

Florilège.

Les fêtards

Franco

Chers voisins,
Suite au départ de mes parents en Espagne, je voulais vous prévenir que ces 2 prochaines semaines seront infernales pour vous (drogues, hurlements, alcool, etc.).
En m'excusant par avance.
S. (habitant au n°15)

Mignonnerie

Chers voisins,
Pour mon anniversaire, j'ai invité des amis.
On va fêter mes 5 ans samedi entre 15 h et 17 h.
Pardon pour le bruit.
Charlotte

Vengeance

L'ensemble des copropriétaires demande à la locataire du 1er de bien vouloir lui communiquer les dates de ses prochains examens afin d'organiser, la veille, le grand bal des voisins.

22

Chers voisins,
Notre capitaine de gendarmerie part à la retraite et ça se fête !
Merci de nous excuser pour les nuisances sonores à venir. Inutile d'appeler la police, tout le monde est déjà sur place.

Morse

Madame la voisine du dessous,
Ce soir je fête mon anniversaire et j'ai bien compris que vous aimiez taper au plafond avec votre balai lorsqu'il y a une fête chez moi. Malheureusement, je ne parle pas votre langue et ne parviens pas toujours à décoder vos messages. C'est pourquoi je propose d'instaurer un code pour fluidifier notre communication.

1 coup = tout va bien, rien à signaler.
2 coups = pouvez-vous remettre la chanson précédente, elle me plaisait ?
3 coups = pourriez-vous ouvrir la fenêtre pour me faire passer le bédo ?
4 coups = je suis chaude comme une chaudière, pourriez-vous envoyer quelqu'un en urgence pour me chatouiller le nénuphar ?

Ceux qui déposent des « cadeaux »

Feces tape

Que la personne qui a chié sur mon paillasson pour la 2e fois sache que j'avais placé une petite caméra dans le couloir.
Chers voisins, vous pourrez donc tous admirer sur Internet l'exploit fécal de M. Pierre (2e étage, appartement 22).
RV à cette adresse pour voir la vidéo :
http://monsieurpierrefaitcacasurlepalier.fr

Un dîner presque parfait

Avis au voisin qui a déversé de la farine devant ma porte. La prochaine fois, apportez également jambon, tomates et mozzarella.
On discutera ensemble de votre problème autour d'une bonne pizza maison.

Les réponses savoureuses

Bescherelle ta mère

Nous avons reçu ce petit mot sympathique dans notre boîte aux lettres :
TU FERMES TA FENETRE OU TU BAISSES LE SON OU JE DEFONCES TA GUEULE DE FILS DE PUTE.

Voici la réponse que nous adressons à son auteur, poète courageux et anonyme :

1. Pourquoi ne pas simplement sonner à notre porte ?
2. « Je défonce » ne prend pas de « s ».
3. Keep cool, venez vous présenter à l'appartement 212, pour discuter calmement de ce qui vous rend si haineux.
4. Vous connaissez ma maman ?

Ortaugraffe ton père

« FERMETURE POUR CAUSE DE DÉGÂT DES OS. »
Un voisin a commenté :
« Visiblement, c'est la boîte crânienne qui a été endommagée. »

Sexe et voisinage

L'Habitat Bidule

Nous remercions par avance le propriétaire du réseau wifi « La Bite à Bidule » de bien vouloir en changer le nom au plus vite car cette année notre fille apprend à lire.

Ce soir on vous met…

Cher voisin,
Force est d'admettre que je préfère quand tu baises que quand tu écoutes de la musique. Ça dure moins longtemps et ça fait moins de bruit.
P. S. : Reste à espérer que ton goût en matière de nanas est meilleur qu'en matière de musique…

Nuisances sonores

M.C. Leroy Merlin

Cher(s) voisin(e·s),
Le bricolage est une noble passion.
Mais le dimanche matin, c'est une passion quelque peu embêtante.
Aussi, il me vient l'envie de partager avec vous ma passion pour le hip hop / la minimal / l'electro / la trans / l'euro dance.

Merci de me communiquer les horaires que vous allouez traditionnellement au sommeil afin que je vous fasse découvrir une sélection de morceaux aux basses puissantes.
Bien à vous, Victor du 4e.

DTC* (ou ailleurs)

Mon bébé de 3 mois n'étant pas une chaîne hi-fi, il est inutile de tambouriner au mur lorsqu'elle pleure car je ne peux pas baisser le son. Je vous remercie de votre compréhension et me permets de vous offrir cette paire de bouchons d'oreilles.

NB : Normalement, ils s'insèrent dans les oreilles. Cependant, vous pouvez vous les mettre où vous voulez, tant que ça vous détend.

Sans rancune...

Cher mystérieux voisin dérobeur d'étiquettes,
Voilà plusieurs semaines que vous vous acharnez à priver l'interphone de mon identité en déchirant chaque jour mon étiquette.

Ravie d'être devenue le centre de votre attention, j'attire la vôtre sur le fait que je viens d'investir dans un lot de 1 000 étiquettes. Partons du principe que celui ou celle qui cédera en premier devra un respect éternel à l'autre.
À vos marques...

*Acronyme de Dans Ton Cul, Corinne.

Si, comme nous, vous êtes féru de ce sport en cage d'escaliers, on vous renvoie vers chersvoisins.net qui vous ravira certainement et n'hésitez pas à partager avec nous vos perles sur le compte Instagram @lepointgolri.

Faites l'humour avec les gosses des autres

> « L'humour est le sourire de l'intelligence. »
>
> *Eugène Ionesco*

Dans ce chapitre, nous proposons de faire l'humour avec les enfants des autres. Car de la même façon que, selon un proverbe africain, « il faut tout un village pour élever un enfant », selon nous, il faut tout un panel de gens différents pour construire un bon sens de l'humour chez les bambins. **Abordons donc le lien entre humour et éducation** (à l'école, mais pas que).

L'humour peut-il aider à apprendre ?

Quand on est enfermé dans une salle de classe plusieurs heures par jour, avec toujours les mêmes personnes, il se passe beaucoup de choses. Clairement, cet endroit nous fait vivre des émotions, des sentiments, bouscule nos croyances... bref, nous apprend à vivre en société, en plus de nous apprendre des choses tout court. Être élève dans une classe, c'est faire l'expérience du groupe, des autres, du dehors. Et c'est drôle comme ici aussi, on préfère être traité de manière bienveillante, avec respect, écoute et attention, plutôt que comme une sous-crotte de chien. Selon une étude totalement empirique menée par nous-mêmes sur un certain nombre de gens de notre entourage*, il apparaît qu'on se souvient tous soit des profs qui

*Rigueur scientifique, quand tu nous tiens !

ont été extraordinaires, soit de ceux qui nous ont fait vivre l'enfer. Parce que dans un cas comme dans l'autre, ils ont parlé à nos émotions. **Émotion rime avec mémorisation.**

Parents, soyez rassurés !

Rire en classe a un réel effet positif sur les apprentissages des enfants :

- **Rire détend et soulage les tensions.** Il permet de réduire l'anxiété et ainsi de faire de la place à ce qui est enseigné plutôt qu'à la ritournelle « je ne vais pas y arriver/je ne comprends rien/je suis nul » qui peut saisir l'élève face à (au choix) : une dictée, une équation, une montée de corde à nœuds.
- **Rire améliore la concentration :** l'humour aurait le pouvoir de « permettre un effort soutenu, activer la concentration mentale, recharger l'énergie disponible pour conduire à terme l'ouvrage engagé » (Galisson, 2002). Et si c'est Galisson qui le dit, on retient la leçon.
- **L'humour empêche la monotonie.** Il permet donc de réveiller un élève somnolent face à (au choix) : une dictée, une équation, une montée de corde à nœuds. Et on peut bien dire ce qu'on veut mais pratiquer ce genre d'activité en dormant, c'est quand même pas facile facile.
- **L'humour, en associant une expérience positive à l'énoncé, facilite sa mémorisation.** À noter que ça fonctionne aussi bien pour les enfants que les adultes. Une étude menée aux États-Unis sur 1 500 spectateurs des informations télévisées montre que ceux qui regardent des *infotainements* (mot-valise issu de la contraction de *information* « information » et *entertainment* « divertissement »), retiennent mieux que ceux qui regardent

le JT de 20 heures. En clair, pour se tenir informé, il vaut mieux regarder *Quotidien* avec Yann Barthès que BFM TV. En plus on vous garantit que vous dormirez mieux. Vous aurez moins l'impression que tout se barre en cacahuètes et que nous sommes à deux doigts de tous mourir dans d'atroces souffrances.

Cela étant dit, il ne s'agit pas non plus de faire l'humour n'importe comment aux enfants qui nous sont confiés. Aussi on se permet quelques conseils avant que vous ne vous lanciez dans une carrière de « prof qui fait tellement rire qu'on s'en souvient toute sa vie ».

Profs, à vous de jouer !

Comme nous l'avons sûrement déjà écrit quelque part dans cet ouvrage (ou alors on s'était juste mis un Post-It neuronal en se disant « il faut écrire quelque part que le jeu et l'humour sont de proches cousins » ?), le jeu et l'humour sont de proches cousins. Ils sont une ouverture à l'imaginaire, mettent de l'huile dans les rouages mentaux, permettent une plus grande plasticité cérébrale. C'est une sacrée aide quand on doit faire avaler tout un programme pédagogique à des gamins qui, dans leur grande majorité, préféreraient aller voir ailleurs s'ils y sont.

Restez vous-même !

Ne vous mettez pas une pression de dingue pour faire rire vos élèves si vous ne vous en sentez pas capable. Faire rire n'est pas une compétence essentielle pour enseigner. Et même si on vous dit que c'est mieux avec que sans, si vous ne le sentez pas, ne le faites pas. Néanmoins, on ne veut pas croire que vous êtes totalement dénué d'humour. Nous n'avons jamais rencontré de gens agélastes (c'est le mot savant pour évoquer une personne qui ne rit jamais, même quand elle se brûle). Gardez à l'esprit que le rire qui a sa place à l'école va de pair avec ouverture d'esprit, tolérance, imagination et « bonne distance » entre enseignant et apprenants. Ce qu'on attend de vous, c'est davantage un état d'esprit ou une ambiance de travail agréable et décontractée qu'un spectacle.

Pour Hugues Lethierry, philosophe et pédagogue français, l'enjeu serait de **faire de l'humour à l'école un réel outil d'apprentissage**. Apprendre en s'amusant, c'est se sentir moins oppressé par le système et mieux gérer sa « mauvaise » humeur. Rappelons à ceux à qui ça n'est pas arrivé depuis longtemps, qu'être enfermé 8 heures par jour dans une salle de classe, que l'on soit prof ou élève, c'est pas marrant tous les jours. Faire des blagues, c'est obliger son cerveau à en inventer, c'est se détacher du réel et faire fonctionner son imaginaire. Rappelons encore à ceux à qui ça n'est pas arrivé depuis longtemps, que se servir de son inventivité c'est super pour, par exemple, résoudre des équations mathématiques ou écrire des dissertations. Et ça, c'est bien. C'est 20/20.

Pratiquez l'humour dit « à la suisse »

Il ne s'agit pas de venir travailler en costume traditionnel, ni de souffler dans un cor des Alpes tout en mangeant du chocolat (on a essayé, c'est impossible de faire les deux en même temps).

Il s'agit de rester neutre.

Évitez les sujets tabous ou sensibles qui peuvent générer de la gêne ou un sentiment d'injustice. De la même manière, ne faites pas de l'un de vos élèves un « bouc émissaire » de vos blagues, (même s'il le mérite). Vous risquez de vous mettre toute la classe à dos en passant pour le « méchant ». Et pire, d'ouvrir la porte à du harcèlement.

Pour tenir les rênes de votre auditoire, la distance entre enseignant et apprenants doit demeurer à sa juste place. Vos élèves, aussi brillants soient-ils, ne sont ni vos potes ni vos enfants. Ils ne vivent pas avec vous – et c'est heureux ! – et ne savent pas comment vous faites l'humour. Au départ, **planquez donc votre ironie naturelle et votre amour de l'humour noir sous une couche de neutralité**. Quand vous vous serez mutuellement apprivoisés, vous pourrez laisser davantage transparaître vos préférences humoristiques.

Trop d'humour tue l'humour

Encore une fois, le but d'injecter de l'humour dans vos cours est d'alléger l'ambiance et de mieux faire rentrer les concepts dans les têtes des élèves. Pas de répéter votre prochain spectacle à l'Olympia. Faire de l'humour quand on est prof, c'est avant tout créer une rupture orale ou écrite avec la pensée logique pour créer un effet de surprise et susciter l'intérêt. C'est parler légèrement des choses graves ou complexes, pour apprendre à mettre l'angoisse à distance.

Selon Avner Ziv, chercheur et professeur de psychologie à Tel-Aviv, qui est l'un des premiers à avoir mené des recherches pour savoir ce que l'humour pouvait apporter à l'éducation*, la bonne dose d'humour c'est **3 fois pour une heure de cours** et ça ne sert qu'à souligner des concepts clés. En résumé, faites des blagues sur les points importants de votre cours pour créer un ancrage qui aide à la mémorisation.

*En fait le gars a mené plus de 20 recherches sur le sujet, auprès de 3 000 élèves et d'une centaine de profs en utilisant tout un panel d'outils de mesure. Bref, il a vraiment mis les mains dans le cambouis, on peut lui faire confiance.

La bonne démarche consiste donc à **mixer approche humoristique et méthode plus traditionnelle d'enseigner**. Il semble également que le recours à l'humour avant ou pendant un examen soit à éviter, sous peine de perturber les élèves plus anxieux. L'angoisse de rater peut geler le sens de l'humour. Faire des blagues alors que vous demandez à vos élèves de se préparer à (au choix) : une dictée, une équation, une montée de corde à nœuds, n'est pas forcément une bonne idée.

Bref, vous comprenez l'idée : il convient de doser et d'adapter selon les moments et selon l'auditoire. **L'humour n'est pas le même avec des primaires qu'avec des lycéens.** Un grand adolescent ou un adulte a beaucoup moins de peine à capter le second degré d'une saillie ironique qu'un élève du primaire. De la même manière, l'autodérision est mieux comprise par les plus grands. Ça donne même ce côté cool et sympa qu'on aime tant chez les enseignants et qui induit la confiance. Quel que soit l'âge de vos apprenants, le but est de bien faire comprendre que « c'est pour rire » ou que « c'est du jeu ». Ce qui va permettre de faire tomber les défenses et, par là même, de les rendre plus attentifs au contenu exposé.

Prudence, opportunité et pertinence sont vos maîtres mots.

Quelques outils pour bien faire l'humour en classe

Loin de nous l'idée de vous imposer une « carte du drôle » à respecter, il s'agit plutôt de vous donner des astuces que vous pouvez utiliser.

Vous pouvez démarrer votre cours avec un exemple parlant. Ce que les *stand uppers* américains appellent *relatable**. Il peut s'agir d'une anecdote, une petite blague, une image, un son, un petit texte ou une citation percutante en lien avec le cours qui permet à vos élèves de se connecter au sujet, de s'identifier : « ah ouais cool, je connais ça ». L'humour, c'est s'appuyer sur du familier pour créer de la surprise.

N'hésitez pas à pratiquer l'autodérision : surtout avec des adolescents. Ils adorent ce type d'humour qui a, de plus, l'avantage de créer de la proximité en vous mettant, momentanément, sur un « pied d'égalité ».

Utilisez les choses qu'ils aiment : des mèmes, des chansons (certains profs cartonnent sur les réseaux en mettant en chansons théorèmes mathématiques ou règles de grammaire). Si vos élèves accrochent sur ce type de matériel pédagogique, ils iront certainement le consulter à plusieurs reprises. Et comme répéter permet d'apprendre...

Pastiches, jeux de mots et d'esprit sont vos alliés : ce sont de super outils de création. Organisez des tournois d'éloquence, d'argumentation, des revues de presse ou des parodies de programmes TV sur le sujet que vous traitez. Parodier, c'est s'interroger sur la forme et sur le sens caché des choses. En tirer la substantifique moelle. Qu'importe le style pour lequel vous aurez opté, soyez le boss des blagues : l'idée n'est pas de provoquer d'interminables plages de

*Reliable en français (ouais, c'est moche)

rigolades en cours. **Restez maître de votre matériel pédagogico-humoristique.** Ne laissez pas vos élèves en roue libre. Soyez partie prenante. L'humour, comme le jeu, s'épanouit pleinement et sereinement quand les règles sont claires pour tous.

Élèves, est-il recommandé de faire l'humour avec son prof ?

Sache, jeune padawan, que si on te propose de faire l'humour avec ton prof, c'est pour ton bien. Utiliser l'humour en classe développe ton attention. Et on ne va pas se voiler le smartphone, depuis que ces objets du diable sont entrés dans nos vies, notre capacité de concentration a fondu comme la mer de glace à Chamonix.

À tel point que **la durée moyenne d'attention des Millénnials*** **est de 9 secondes****. Peut-être nous rétorqueras-tu que c'est quand même vachement mieux qu'un poisson rouge dans son bocal, qui, lui, plafonne à 8 secondes (le gros nul). Si tu veux bien, on te propose de débattre de ça avec les ingénieurs de chez Google qui ont pondu cette fort réjouissante statistique. En moyenne, on consulte, ou on tente de le faire, son smartphone 542 fois par jour. Soit environ toutes les 2 minutes.

*Ceux qui ont grandi avec des écrans, en gros, ceux qui sont nés entre 1980 et 2000.

**Vu que les choses ne se sont pas tellement améliorées au cours des 20 dernières années – oui on aime manier les euphémismes –, on vous laisse imaginer ce qu'il peut en être pour ceux qui sont nés plus tard. A priori, aucun d'entre eux n'est arrivé au bout de cette phrase.

Ce qui signifie que, pour ton prof, faire cours revient à se battre contre un écran pour réussir à capter quelques secondes de ton attention. Et devine quel est le super outil capable de faire ça ? Oui, certes, les vidéos TikTok, mais surtout l'humour.

Rire et faire rire augmente également ta créativité. Et sais-tu pourquoi cette qualité est particulièrement recherchée par les entreprises* ?

Parce qu'elle te permet d'être plus souple dans ton fonctionnement psychique et plus adaptable aux autres. Si tu comprends et acceptes que ce qui fait rire Zoé ne fait pas forcément rire Mattéo et que c'est pas grave parce que, après tout, **tous les humours sont dans la nature**, alors tu seras décoincé du bulbe et plus apte à travailler en équipe. CQFD.

Et bravo à toi d'être arrivé au bout de cette démonstration !

L'humour peut te servir non seulement à t'adapter mais aussi à regarder la vie autrement. À quoi ça sert ? Eh ben par exemple, en cas de problème sur le dossier Duschmoul, il y a de fortes chances que tu t'en sortes mieux que ton collègue tout coincé des zygomatiques. **Moralité : si tu ris, tu résous mieux tes soucis !** On est à deux doigts de faire breveter ce proverbe de notre invention. Si tu n'es pas encore pleinement convaincu, jeune padawan, voici un dernier argument : apprendre en s'amusant permet de mieux comprendre et assimiler les choses... et de mieux les expliquer.

*Parce que oui, quand tu auras fini de vous faire grave ch*** en classe, tu pourras aller te faire grave suer au boulot. On te vend du rêve, là, non ?

Grâce à ça, tu peux devenir riche. Comme John Cleese, par exemple. Qui ? est probablement la question qui est en train d'arriver à ton jeune cerveau. John Cleese, c'est l'un des fondateurs des Monty Python. Qui ??? Jette donc un œil sur Wikipédia. En gros, les Monty Python, c'est les Beatles de l'humour. Alain Chabat et les Robins des Bois s'en sont beaucoup inspirés (si « Qui ?????? » vient à nouveau de résonner dans ta boîte crânienne... sois autonome, regarde sur YouTube, on n'est pas ta mère).

Donc John Cleese, en plus d'être extrêmement drôle, est aussi très intelligent et a l'âme d'un entrepreneur. Il a fondé une entreprise qui s'appelle « Video Arts » dont l'objet est d'apprendre en s'amusant, grâce à des sketchs. Pour John Cleese, le constat est simple : ***« People learn nothing when they're asleep, and very little when they're bored. »****

Ça fait 50 ans que sa petite entreprise ne connaît pas la crise. Et lui rapporte gros, si l'on en juge par la coquette somme qu'a touchée sa troisième épouse lors de leur divorce : 12 millions de livres sterling et une pension de 600 000 livres pendant 7 ans. Comme quoi, il n'y a pas que Kylian M'Bappé ou Marseillais à Cancún comme métiers lucratifs. Il y a aussi utiliser son sens de l'humour à bon escient.

Enfin, cerise sur le gâteau de l'humour, il y a ce que Freud appelle « la sublimation ». La sublimation, ça permet de faire des pulsions qui nous animent tous, quelque chose de socialement valorisé. Ça marche d'autant mieux sur les élèves enfermés dans une classe pendant des heures à écouter des trucs qu'ils jugent souvent sans intérêt.

* « Les gens n'apprennent rien quand ils dorment, et très peu quand ils s'ennuient » (on est sympa, on t'a pas laissé galérer trop longtemps).

Élève frustré → envie de tout casser ou
de chahuter pour faire baisser la frustration
Mais
Casser des tables ou la gueule de ses petits camarades
est formellement interdit
Alors que
Faire une bonne blague qui fera montre de votre esprit aiguisé et de vos capacités de réflexion = récolte de louange et de bons points.
CQFD !

Accepter de faire l'humour avec ses profs et ses camarades, c'est l'assurance d'un avenir plus radieux et d'un présent moins chiant. (Nous allons également faire breveter ce beau proverbe.) Vous l'avez compris, nous sommes convaincues que l'humour, parce qu'il met de l'huile dans les rouages sociaux, a pleinement sa place dans l'enseignement. Bénéfique pour tous, l'apprentissage de et par l'humour est salvateur. On peut imaginer que grâce à cela, Samuel ne serait pas Paty si tôt.

Faites l'humour tout seul

> « **Depuis que j'ai appris à rire de moi-même, je ne m'ennuie plus jamais.** »
>
> *George Bernard Shaw*

Quel bonheur que le plaisir solitaire ! Et quel meilleur entraînement que de se faire ou de rire tout seul ? Ce que l'on vous propose, dans ce chapitre, c'est **une initiation à l'onanisme humoristique.** On vous incite à partir à la quête des plaisirs infinis que procure la masturbation des zygomatiques, la branlette du rire et l'astiquage du bulbe. On vous dévoile quelques-unes de nos pratiques personnelles. Pour ça, pas besoin de piles*, c'est parti !

Avant de vous lancer (mais pas trop fort), il est possible que vous vous interrogiez sur la pertinence de ce genre d'agissement solitaire. Pourquoi donc faire l'humour avec soi-même ?

- Pour briser sa solitude,
- Pour se faire plaisir,
- Pour s'entraîner sans risquer le bide gênant (vous constaterez que l'auto-bide est autrement plus drôle que le bide public),
- Pour se sortir d'une situation difficile ou un peu pénible,
- Pour se divertir,
- Etc.

Mais surtout et tout simplement parce que ÇA FAIT DU BIEN !

Alors, commençons par une bonne nouvelle : contrairement à la masturbation sexuelle, l'autophilie spirituelle peut se pratiquer partout, même en public, même en réunion, même devant ses enfants, son patron ou sa belle-mère. Elle n'est pas répréhensible par la loi. Personne n'a jamais été arrêté pour attentat à la lourdeur de la vie.

Autre bonne nouvelle, attention *breaking news* ! Nous disposons tous non pas d'un mais de deux organes qui sont susceptibles de nous procurer du plaisir. Une alternative au clitoris et à la verge : le cerveau. Avouez que ce serait couillon de ne pas en profiter pour prendre deux fois plus de plaisir (Oui la team Bordeau Chesnel, le plaisir c'est sale et vulgaire, on sait. Soyez gentils, reposez ce livre maintenant et laissez-nous kiffer entre gens du peuple).

* *Private jokes* pour amateurs et amatrices d'OVPP (objets vibrants personnels à pile).

On vous l'a promis, inutile de vous faire languir davantage, voici comment nous pratiquons, à titre personnel, l'humour toutes seules.

Pour Sandra C., il s'agit principalement de la **technique dite de l'auto-vanne**. Elle s'apparente à de l'autodérision, mais dans une version un peu plus poussée qui consiste, face à une situation ressentie comme déplaisante, à se faire une vanne (dans sa tête) puis à rire de sa propre vanne. Sandra C. se livre à cette pratique principalement face à des situations qui l'agacent ou la blessent pour éviter de s'énerver. Par exemple, lorsque, du haut de son mètre cinquante, elle ne parvient pas à attraper un truc et qu'elle se sent « inadaptée » à ce monde peuplé de trucs trop hauts. Rire plutôt que de se mettre en colère. Un autre avantage de cette forme d'onanisme humoristique, c'est que vous êtes à la fois rieur et blagueur, passif et actif, acteur et public. **Double dose d'endorphine** puisque vous éprouvez du plaisir une première fois en formulant la vanne et une deuxième fois en y riant. Il y a beaucoup de plaisir à être sa propre source d'inspiration ! Je suis ma muse et je m'amuse.

Autre type de plaisirs solitaires, ceux que la vie vous offre sur un plateau. Vous n'avez rien à faire si ce n'est observer attentivement pour capter les petits clins d'œil que le quotidien vous adresse en mode « spécial dédicace à toi » qui regardais au bon moment ou qui as su voir le petit tour que je viens d'exécuter spécialement pour toi. C'est un nuage avec une forme rigolote, une personne qui fait un truc marrant dans la rue, des pigeons alignés devant un passage clouté comme s'ils attendaient que le feu passe au vert. Mille choses, autant d'occasions de sourire, si ce n'est de rire.

Ce peut être également des gags que la vie organise pour vous.

Sandra C. (décidément, cette nana a une vie follement golri) galère comme une folle pour trouver des pantalons qui lui aillent. En effet, en raison de sa petite taille, elle se retrouve souvent à devoir faire un ourlet de... disons... environ... la moitié de la longueur totale de la jambe. Ce qui revient à faire un ourlet au niveau du genou pour le pékin de taille standard. Il y a quelque temps, Sandra trouve enfin un pantalon pile-poil à sa taille ! Joie, liesse, champagne, bamboche, publication sur l'ensemble des réseaux sociaux, conférence de presse devant un parterre de journalistes. De retour chez elle toute contente, Sandra réessaie le pantalon qui lui va parfaitement et réalise... qu'il s'agit en réalité d'un pantacourt. Fou rire de l'intéressée face au miroir de sa chambre.

> **« On se fait rarement rire seul parce qu'on se surprend difficilement soi-même. »**
>
> *Paul Valéry*

Il y a aussi la technique de notre copine Nicole F. Baptisé auto-surprise, c'est un procédé très simple qui consiste à organiser une surprise... pour soi-même. Nicole F. réside dans le sud de la France. Elle a pour habitude d'écouter Mistral FM (c'est son choix, respectons-le). Quand elle quitte son véhicule, Nicole change de station et en sélectionne une qui n'a rien à voir. Genre Radio Classique. Le lendemain ou quelques jours plus tard, en démarrant sa voiture, elle sursaute en entendant retentir dans l'habitacle les trompettes d'*Aïda* à fond la caisse en lieu et place de Jul, Soprano... ou tout autre Marseillais autotuné*. Et ça la fait rire.

*Autotune : il ne s'agit pas quelqu'un qui a une voiture très chère, mais selon le *Robert* d'un : « logiciel qui corrige les notes qui ne sont pas chantées dans le ton juste. »

On ne juge pas les gens en matière de plaisirs solitaires svp. **Chacun se fait rire comme il veut.** Faire l'humour tout seul est intime et personnel. On vous dévoile les trucs qui nous font rire nous.

Non pour vous suggérer de faire la même chose, mais pour vous inciter à rire sans complexe, de choses anodines et insignifiantes, qui peuvent paraître parfaitement stupides à certains. Qu'importe. On est tout seul, on fait bien ce qu'on veut.

C'est un peu comme la chanson inavouable. Quand vous l'entendez, elle vous pousse irrésistiblement à danser, elle vous ambiance immédiatement même si, il faut bien en convenir, c'est franchement une daube. Si quelqu'un vous demande : « C'est quoi ton titre préféré pour danser ? » Vous rechignerez à l'avouer... de peur d'essuyer quelques quolibets. Alors, débranchez momentanément votre esprit critique et enclenchez votre mode ludique.

Par exemple, **pourquoi ne pas lister les tâches les plus rébarbatives** pour vous et **essayer d'en faire des occasions de rire ?** Sondez-vous :

- Comment est-ce que je pourrais faire ce truc si enquiquinant mais d'une façon marrante ?
- Quel élément, action ou challenge inhabituel, original et tant qu'à faire totalement inutile (ou mieux : stupide !) pourrais-je glisser dans ma session de courses de samedi : une choré au rayon charcuterie en écoutant votre morceau inavouable, parler à la boulangère en alexandrins, ranger toutes les courses par ordre alphabétique dans les placards... comme ça, plus personne ne vous demandera où sont les corn-flakes. Ils sont entre les chips et les cornichons.

- Quel truc rigolo pourrais-je introduire dans ce coup de fil méga pénible que je dois passer ? Lancez-vous un défi personnel genre je dois glisser le mot moutarde ou pamplemousse dans la conversation.

Bref, auto-étonnez-vous, auto-faites-vous marrer, après tout, on n'est jamais mieux servi que par soi-même !

Autre technique. **Sachez que si la bonne humeur amène le sourire, l'inverse est vrai aussi.** Deux chercheuses en psychologie, Tara Kraft et Sarah Pressman, de l'université du Kansas, ont demandé à 169 étudiants de se mettre des baguettes (de bois, pas de pain) dans la bouche afin de simuler une expression faciale de sourire. Elles ont mesuré leur rythme cardiaque tout au long de l'expérience et ont découvert que le cœur des sujets au sourire forcé battait plus lentement. Preuve de la diminution de l'état de stress et d'une amélioration du bien-être des sourieurs (même forcés)[16].

C'est également le fonctionnement du Yoga du Rire (qui, on en convient, n'est pas une pratique solitaire mais c'est pour vous expliquer le principe). Le rire y est abordé, dans un premier temps, de manière mécanique comme un simple exercice corporel (en gros, on se force à rire). Avec l'effet du groupe, le rire va devenir contagieux et se transformer en rire réel. Le principe est basé sur un fait démontré par les neurosciences **« le corps ne fait pas la différence entre rire spontané et rire simulé »**[17].

Alors on vous l'accorde, on est parfois moins motivé pour prendre du plaisir tout seul plutôt qu'en groupe. On a besoin d'un peu d'inspiration. Dans ce cas, vous connaissez la combine : on s'enferme dans son bureau, on se met devant son ordinateur, on sort la boîte de Kleenex, on démarre Internet, on va sur You... Tube. Perdu, Jean-Pierre. Et on mate des vidéos... humoristiques. Encore perdu, Jean-Pierre !

La chaîne incontournable selon nous, c'est celle du Montreux Comedy Festival, il y en a pour tous les goûts : des jeunes, des vieux, des grands, des petits, des blancs, des noirs, des cis, des queers... Régalez-vous. Cherchez les pépites, naviguez, il y en a aux 4 coins de la toile.

On vous en livre quelques-unes en langue française :

- **En Belgique,** il y a le Grand Cactus et on les adore (cœur sur vous les gars : Jérôme de Warzée, Kody Kim, etc.).
- **Au Québec,** il y a les génialissimes Marc Labrèche et Anne Dorval (Les « Bobos » et « Le cœur a ses raisons »), Adib Alkhalidey et le compte Instagram de Stéphane Rousseau.
- **En Suisse,** il y a le journaliste-humoriste franco-portugais qui brocarde sur la RTS nos voisins helvètes, David Castello-Lopes et sinon, il y a le très caustique Thomas Wiesel ou le formidable Frédéric Recrosio.

Et en France (parce que légèreté bien ordonnée commence par soi-même) on a bien sûr nos chouchous qu'on partage avec vous en toute subjectivité : Arnaud Demanche, Broute, Karim Duval, Bertrand Chameroy, Laura Felpin, Alison Wheeler, Klaire fait Grr, Marie Papillon...

Pour celles et ceux qui préfèrent s'adonner au plaisir solitaire aux toilettes, on ferme le loquet et on ouvre un bouquin spécialisé (Marie G. recommande chaudement Les Sales Blagues de Vuillemin, qui la mettent particulièrement en joie). Petite cerise sur le gâteau, vous ne tarderez peut-être pas à constater que, bien qu'il s'agisse d'une activité solitaire (et sanitaire), elle peut néanmoins procurer une joie communicative (si toutefois vous ne vivez pas seul avec des chats), car entendre rire quelqu'un aux éclats à travers la porte des cabinets est réellement plaisant.

Comédies, spectacles d'humoristes, séries, les plateformes offrent un catalogue impressionnant pour **agrémenter vos séances de repassage** ou vos 30 minutes de **séance de course sur tapis** ou de machin elliptique (épileptique, comme dirait Marie G. qui a parfois un penchant pour la Corinnerie). Très bien pour travailler les abdos et tout un tas d'autres muscles. Très bien aussi pour peaufiner son anglais puisqu'on y trouve la plupart des spectacles des stand-uppers américains et anglais. Il y a également plein de moyens de rire tout seul sans pour autant l'être. Podcasts, comptes Instagram ou TikTok rigolos, le Gorafi, Topito... **égaient les trajets en transports en commun**. Bien plus détendants que de jouer à Candy Crush (qui n'est nullement une détente puisqu'il génère une addiction qui augmente le stress, soit dit en passant).

Multipliez les sources et les occasions de vous divertir, mettez du golri dans vos moments solitaires, vous verrez, on y prend goût... attention cependant à ne pas tomber dans les extrêmes. L'autosuffisance humoristique oui, l'autarcie humoristique non. Le rire est avant tout un plaisir qui se partage et c'est encore meilleur à plusieurs. (Oui Jean-Pierre, c'est ça, plus on est de fous, plus on rit !)

Faites l'humour tout·e seul·e avec...

Claudia Tagbo

Faire l'humour tout seul ?
Regarde ta vie, fais un pas de côté. Et là, ça peut être drôle !

Nicole Ferroni

Pour me faire rire moi-même, des fois, je fais de l'humour dans ma tête, et je glousse toute seule.
Par exemple, j'étais sur un tournage, je devais tourner une scène dans un supermarché. On demande à une figurante de se servir en arrière-plan, dans les « colonnes » de vrac. Et vu que je sais qu'il peut arriver que le vrac coule trop fort, je n'ai pas pu m'empêcher de m'imaginer que la dame allait se faire ensevelir sous la semoule, mais en arrière-plan, floue. Je suis partie en fou rire. Et j'étais incapable d'expliquer aux autres pourquoi j'avais ce fou rire, mais moi ça me rend heureuse.
À partir du moment où on arrête de se faire de l'humour à soi, on fait mal l'humour aux autres.

Manu Payet

Je ris beaucoup tout seul. Un gars qui éternue dans la rue, je me mets à rire tout seul. Parce qu'il a été surpris lui-même par son éternuement. Je ris tout seul aussi quand je ne peux pas rire. Sur un tournage, par exemple, un comédien fourche sur un mot et moi je dois rester de marbre. On dit « cut ». Je ris.
Ça peut me faire toute la journée.
Sinon quand je me couche, je repense toujours à des trucs drôles, même lointains. J'ai une « banque » de trucs drôles, et je plonge dedans, presque malgré moi.

Bertrand Usclat

J'ai un réflexe. Dès qu'il y a quelque chose de formel à faire je fais un truc qui décale, je transgresse les règles. Par exemple, sur mes photos d'identité, je me déguise. Genre je mets une cravate stupide, je me rends prognathe, je me coiffe en arrière...
Je respecte les règles. C'est moi, mais avec une blague !
Quand il y a une cagnotte Leetchi, je mets des montants à virgule, genre 75,65794 euros.
Quand on me demande un truc absurde, je fais quelque chose d'encore plus absurde.
Je fais ça depuis tout petit, je peux pas m'en empêcher.

Faites l'humour à poil(s)

> « **Les animaux se lavent en se léchant. Sauf les hérissons et les oursins.** »
>
> *Philippe Geluk*

Alors, non, vous pouvez remettre vos vêtements, il ne s'agit pas dans ce chapitre de faire des blagues en tenue d'Adam ou d'Ève, mais de **faire l'humour avec des animaux**. Noooooon, calmez-vous les Con-cernés, point de pratique zoophile à l'horizon. Quoique… on ne résiste pas à une petite blagounette tout de même. Un petit calembour (ça rime avec Guibourt). C'est l'histoire d'un zoophile. Il rentre dans un bar. Voilà. C'est tout pour nous. Drop the mic.

Nous nous sommes demandé dans « Tout ce que vous avez toujours cru savoir sur l'humour… » (voir page 73) si le dicton populaire : « Rire est le propre de l'homme » était vrai. Notre réponse fut sans appel : « C'EST FAUX !!!! » puisque les animaux ont la capacité de rire. Nous avons néanmoins précisé qu'en revanche seuls les humains ont la capacité de faire rire.

Las.

Quelques ~~jours~~ ~~semaines~~ mois d'écriture et de recherches plus tard, nous allons nuancer notre propos. Car oui, nous, on aime cette chose qui a tendance à tomber en désuétude et qu'on appelle la nuance.

Nous sommes tombées* sur le formidable Claude Béata, psychiatre vétérinaire, comportementaliste et spécialiste de l'attachement (ça veut dire qu'il est expert en animaux tenus en laisse). Et savez-vous ce qu'il a découvert ?

Que **les chiens peuvent avoir le sens de l'humour et faire rire**. Cela dit, on aurait pu s'en douter. Il suffit d'observer un chien à qui on jette un bâton. Plusieurs comportements possibles :

- Il ignore dédaigneusement le bâton et s'en tamponne tellement le coquillard qu'on dirait un chat.
- Il est tout content, va chercher le bâton, le ramène dégoulinant de bave et insiste pour qu'on le lance à nouveau. On sent bien qu'on n'est pas à l'abri d'y passer la journée. « Mais quelle idée débile j'ai eu de faire ça ? » vous demandez-vous alors.
- Il va le chercher et s'immobilise. Il vous regarde, l'œil pétillant, et attend que vous rameniez votre fraise. Quand vous êtes suffisamment proche, hop, il reprend le bâton et s'enfuit. Puis il recommence le même manège plusieurs fois, visiblement ravi.

Sans vouloir faire d'anthropomorphisme, on ne peut pas s'empêcher de se demander si ce comportement n'est pas une **authentique blague de chien**. Force est de constater qu'au début, ça nous fait rire, au moins un peu. Au bout de 27 allers/retours, on est claquées, on rit beaucoup moins. Oui, le souci du chien, c'est qu'il ne connaît pas l'adage « les blagues les plus courtes sont les meilleures ». Et c'est bien dommage.

Claude Béata raconte que, lorsque le propriétaire d'un chien vient en consultation parce que Médor souffre d'un « trouble anxieux » (ce qu'on comprend : s'appeler Médor, c'est tellement ringard). Cela dit, est-ce pire que de s'appeler Sheila ou Coucouilles* ?)

*Non merci, ça va Corinne, pas de bobo.
**Véritables noms de chiens trouvés sur wamiz.com

Il lui explique que : **« Le problème de votre chien, c'est qu'il n'a pas le sens de l'humour »**. Là, en général, le maître du toutou reste béat(a). C'est vrai qu'à première vue, cette affirmation peut paraître étonnante. On ne voit pas comment Razmoket, notre teckel certes adoré mais quand même un peu concon vu qu'il prend les coussins du salon pour une femelle, peut avoir la capacité à décaler une situation, à la considérer sous un angle différent. En bref, à avoir de l'humour. Pourtant, Claude Béata insiste. Pour l'avoir expérimenté depuis des années sur de nombreux « patients », il en est sûr : utiliser l'humour est un formidable outil pour améliorer l'état de nos animaux de compagnie.

Par exemple, il préconise, pour décoincer du bulbe un chien très peureux qui aboie dès qu'il voit une feuille ou son ombre, de se « déguiser »* avec masques et chapeaux et de les ôter dès que l'animal commence à japper. Ce qui lui permettra d'acquérir plus d'adaptabilité face à l'inconnu.

D'être moins bébête, en somme. Et comme il se trouve que la souplesse psychique est l'une des fonctions essentielles de l'humour, c'est une première étape vers d'interminables parties de poilade.

Notre conseil : la prochaine fois que votre animal vous fait une blague (on ne parle pas d'une énième crotte sur le tapis du salon), manifestez votre joie, riez avec lui et partagez ce moment de connivence.

*On vous rappelle que se déguiser est également un moyen de faire rire les bébés (on vous renvoie au chapitre « Faites l'humour avec vos gosses »). Attention donc à ne pas confondre Razmoket et Lisandru (Véritable prénom d'enfant mâle.) Pour reconnaître votre enfant, c'est simple, c'est celui qui n'a que 2 pattes.

“ Remarquons que si l’on dit “les animaux” au pluriel, on dit l’homme au singulier. Parce que l’homme est unique. De même, nous dirons que les animaux font des crottes, alors que l’homme sème la merde. ”

Pierre Desproges

Faites l’humour avec un chat, comme Philippe Geluck

Forcément, le Chat c’est un peu moi.
C’est un instrument qui me permet de dire des choses.
Le Chat peut oser des blagues parce que c’est lui.
On dit qu’aujourd’hui, la liberté d’expression se restreint, le second degré n’est plus compris… Mais le Chat peut tout faire passer. Le Chat est international. Les bouquins sont traduits dans 17 langues même si le phénomène n’est pas aussi important qu’en francophonie.

Grâce à l’expo, je vois beaucoup d’étrangers qui n’avaient jamais vu le Chat et tout le monde réagit pareil : les gens sont séduits, comprennent et rigolent.*
C’est comme une petite fabrique de bonheur et je ne vais pas m’arrêter de mouliner et même encore plus dans ce contexte anxiogène.

Pour ce qui est de l’humour avec les animaux, j’ai une conviction qui va attrister beaucoup de monde : je suis persuadé que les animaux n’ont pas d’humour. En revanche, ils peuvent nous faire rire mais ils ne le savent pas.

*Philippe Geluck a créé une exposition itinérante avec des statues en bronze géantes qui parcourent le monde.

Certes, les singes rient, mais s'agit-il d'humour ?

Ma femme et moi, on a eu un chien qu'on a aimé mais qui était tellement bête que, quand on lui lançait un bâton, il partait dans l'autre sens. Il nous faisait rire parce qu'il était un peu couillon. Mais hélas, je n'ai aucune recette pour faire rire avec des animaux. Je trouve que les déguiser, c'est ridicule. Par exemple, un chat avec un costume, c'est pas marrant, c'est pathétique [sic !].

Pourtant on se sert d'eux, depuis La Fontaine et Ésope... L'animal pense à ce qu'il va manger et c'est tout. En ce sens, l'animal est un peu décevant.

Le Chat n'est pas vraiment un chat. Je le vois plus comme un humain. J'utilise de temps en temps son côté félin, quand ça sert mon gag.

Par exemple, j'ai fait un « tableau hommage » à Lucio Fontana, un peintre connu pour mettre des coups de cutter dans ses toiles. J'ai fait ça avec le Chat en lui faisant dire « ma femme m'a demandé de faire du Fontana plutôt que mes griffes sur le canapé ».

Le Chat est parfois furieusement malin et parfois brillamment crétin. On ne sait pas s'il est con ou s'il nous prend pour des cons. C'est en ce sens que le second (ou plus) degré me plaît.

10.

Décomplexez !

“

Ne nous prenons pas au sérieux,
il n'y aura aucun survivant.

”

— Alphonse Allais —

Nous voilà à la presque fin de ce livre. On a fait pas mal de chemin ensemble. Nous avons partagé avec vous nos convictions, nos connaissances et plein de trucs et astuces pour faire l'humour le plus longtemps, le plus souvent et avec le plus de gens (sympas) possible. Vous êtes « armé » (de bonnes intentions en tout cas) pour oser vous jeter à l'eau.

Mais mais mais mais mais… peut-être un dernier frein persiste-t-il ? Une petite gêne susceptible de vous retenir, de vous empêcher de pratiquer librement et sereinement. On connaît tous ça et c'est normal parce que quand on fait l'humour on se dévoile, on s'expose, on se met à nu. Et quand on est en tenue d'Adam ou d'Ève, il n'est pas rare d'être complexé. Trop de bide, trop de gras, des trucs trop petits, des machins trop longs, … Ou trop de questions : est-ce que je vais être à la hauteur (de quoi ?) ? Est-ce que je vais tenir jusqu'au bout ? Est-ce que je sais bien m'y prendre ?…

Vous commencez à nous connaître (au bout de toutes ces pages, on peut même dire qu'on commence à être intimes), on ne va pas vous laisser comme ça, tout·e seul·e, tout·e nu·e, au milieu du gué (vous risquez de vous enrhumer).

On s'est dit que le mieux, pour vous aider à décomplexer, c'était de faire appel à des « modèles » inspirants, des athlètes du dépassement de complexe, des champions toute catégorie de l'audace et de la créativité. Des gens que nous connaissons et que nous aimons, tant pour leur grand talent en matière d'humour que pour leurs qualités humaines. Des artistes dont nous apprécions le regard qu'ils portent non seulement sur leur pratique mais SURTOUT sur le monde qui les entoure. Bref, des camarades dont l'humanité nous touche particulièrement.

Nous avions envie de vous faire entrer dans l'intimité humoristique d'experts connus et reconnus présentant des profils diversifiés, des parcours très différents et exerçant leur art sur des canaux variés : la scène, la télévision, les réseaux sociaux, la radio, le cinéma.

Nicole Ferroni, Bruno Solo, Claudia Tagbo, Bertrand Usclat, Élodie Poux, Manu Payet et Philippe Geluck se sont confiés à nous pour partager non pas leur pratique professionnelle mais **leur expérience de l'humour dans la vie quotidienne**. Ils ont chaussé leurs lunettes de spécialistes et nous ont livré, avec beaucoup de sincérité, des témoignages drôles, parfois très touchants, toujours follement instructifs.

C'est parti pour la chasse aux complexes avec quelques-uns des plus fins tireurs de France !

La peur du bide

Une chose très complexante, quand on fait l'humour, c'est le bide.
La plupart d'entre nous ont peur du bide.

Alors nous vous proposons d'analyser un vrai gros bide, pour comprendre ce qui n'a pas fonctionné, et vous permettre d'en tirer les enseignements. Et ainsi devenir un meilleur coup d'humour pour la suite.

Notre amie Nicole Ferroni, par amour de la science, nous a autorisées à lui disséquer le bide. Nous allons donc nous servir de ce fabuleux matériau pour vous montrer que même les grands professionnels dont les blagues sont estampillées « haute qualité » peuvent se louper (et n'en meurent pas).

Autopsie d'un bide avec Nicole Ferroni

Invitée par l'une de mes copines de fac à son mariage, je reçois un mail des témoins qui proposent de commencer à organiser le fameux « diaporama des mariés »*.

Dans la mailing-list, beaucoup de gens que je connais, puisque anciens camarades de promo. Mais aussi des inconnus, faisant partie de la famille de ma pote.

Fidèle à ma fantaisie habituelle, je me lance de bon matin dans la rédaction d'une réponse qui me fait littéralement pleurer de rire pendant que je l'écris.

> « Pardon, mais compte tenu de tout ce qu'il y a à faire en tant qu'invitée à ce mariage, c'est-à-dire choisir une robe, des chaussures, se coiffer, se maquiller, trouver un hôtel, etc… je trouve que ça serait plus simple de demander aux mariés de faire eux-mêmes leur propre PowerPoint.
> En plus, qui de mieux placé que les mariés pour avoir des photos d'eux-mêmes ? Bises, Nicole ».

J'envoie le message et continue ma journée.

*Mais si, vous savez, cette projection plus ou moins longue et réussie qui retrace l'histoire des mariés… Enfance, adolescence, famille, amis, l'amour qui arrive, le genou à terre… Le tout sur (en général) la musique d'Amélie Poulain, d'Amicalement vôtre ou d'Un gars une fille.

Le soir, je checke mes mails et ne trouve aucune réponse à ma super blague du matin. Je trouve ça bizarre, parce qu'en général les gens de cette mailing-list sont plus actifs et prompts à répondre, mais je ne m'inquiète pas plus que ça.

Le lendemain, mail de la témoin :

> « Je suis désolée de mettre les pieds dans le plat, mais visiblement, je n'ai pas été la seule à être mal à l'aise. Je trouve quand même très cavalier de demander aux mariés d'organiser eux-mêmes leur propre surprise. Personnellement, je me désolidarise de cette initiative... »

Et là, je prends conscience que personne n'a compris mon humour. Que les invités ont cru que j'étais sérieuse. Alors je me suis platement excusée, mais plus je le faisais et plus j'avais l'impression d'être en train de leur dire : « Mais enfin, vous êtes débiles ou quoi ? Bien sûr qu'on ne va pas demander aux mariés de faire ça ! C'était de l'HUMOUR !!!! » Je voyais bien que je m'enfonçais. J'avais vraiment l'impression d'insulter leur intelligence. J'étais tellement mal, je ne savais tellement pas comment m'en sortir que j'ai décidé de ne pas aller au mariage. « Mais ceci dit, je trouve que ma blague était très bonne quand même. »

Notre analyse

La principale erreur de Nicole, dans ce mail, c'est de ne pas avoir suffisamment pris en compte qu'une bonne partie des destinataires ne la connaissait pas. Elle pratique un humour souvent teinté d'absurde dont les codes nécessitent d'être connus et identifiés pour être appréciés. Nicole est partie du principe que son mail serait lu par des gens ayant préalablement chaussé les « lunettes de l'humour » mais elle s'est heurtée à trois écueils.

1. **Le contexte de cet échange est sérieux,** les gens sont tout à leur envie de préparer une belle surprise donc probablement plus en mode « télique » que « paratélique ». De plus, l'implication affective peut être très forte dans ce genre de circonstance.
2. **Elle a démarré « à froid », sur un ton sérieux et crédible** (ce qui est normal puisque c'est le principe de sa blague, avoir l'air de proposer sérieusement une solution qui lui semble totalement fantaisiste) mais a omis de glisser un indice clair qui permette, en cours de lecture, de comprendre qu'il s'agit de second degré. Forcer le trait de l'exagération, par exemple en ajoutant à la liste des trucs à faire des choses franchement futiles et débiles. Cette exagération, en mettant la puce à l'oreille, aurait permis de récupérer ceux qui avaient pris le mauvais aiguillage en démarrage de lecture.
3. **Nicole a été victime d'un biais cognitif** (« ah ah ah je suis en train de faire une blague ») et a omis de prendre en considération que certains destinataires pouvaient prendre son message au premier degré parce qu'eux-mêmes réellement « débordés » par le choix d'une robe ou la réservation d'un hébergement (en plus de leurs multiples activités habituelles).

Nicole a simplement été victime du caractère froid et dénué d'« humanité » de l'outil. Les destinataires d'un mail sont face à leur écran. Ils n'ont ni le son ni l'image. Ils ne peuvent pas percevoir le ton blagueur avec lequel l'expéditeur « pense » son message. Ils ne l'entendent pas glousser en rédigeant son mail. D'où l'utilité des émojis dans les textos. Mais dans un mail, ils sont moins faciles à intégrer.

Notre conseil

Relisez ce livre et prenez des notes 😊
(hop, un petit émoji pour bien montrer que c'est de l'humour).
Et comme dit Bruno Solo : « Le bide, c'est souvent une histoire de tempo raté. La mauvaise blague au mauvais moment. » Mais ça, on ne le sait souvent qu'après... sinon, on ne ferait pas de bides.

Notre solution : joue-la comme Claudia Tagbo !

« Je n'ai pas l'impression de faire des bides, parce que quand j'en fais, j'en ris et ça fait rire les gens. Quand t'assumes le bide, finalement, ça n'en est plus un. Je le retourne en ma faveur. Je crée du positif à partir d'un truc qui pourrait paraître négatif. »

Lourdeur, j'écris ton nom

Juste avant le « bide » vient souvent le lourd, le gras. Alors oui, on sait que c'est caca pas bien bouh vilain, le gras. Mais ça ne nous empêche pas d'aimer ça de temps en temps. Parce qu'**on a tous en nous quelque chose de Jean-Pierre**. On a (presque) tous une blague qui ne fait rire que nous mais qu'on ne peut pas s'empêcher de faire. Ou un mot d'esprit, peut-être drôle à la base, mais qu'on a teeeeellement systématisé qu'on l'a usé jusqu'à la corde et qu'il a fini par ressembler à un vieil élastique de slip en fin de vie. Pas très sexy, hein ? Peut-être... mais c'est notre slip fétiche, on est tellement bien dedans qu'on n'arrive pas à le jeter.

On a décidé de vous présenter les moments moins glamours pour dédramatiser. Pour vous montrer que même les grands mamamouchis de l'humour se laissent aller, avec complaisance et délectation, à la blague moyenne voire douteuse. La grande différence avec les Jean-Pierre de la team lourdeur (qui sont malheureusement convaincus qu'ils tiennent la blague du siècle), c'est que nos experts ont conscience que C'EST LOURD et savent se refréner.

Le truc lourd de Nicole Ferroni, ce sont les histoires drôles :

C'est l'histoire de deux œufs qui sont dans un frigo. L'un dit à l'autre : « Hey, mais t'es vachement poilu pour un œuf ! » L'autre répond : « Normal, j'suis un kiwi, connard ! » (Et le connard est important dans la sonorité de cette blague, ajoute Nicole.)

*C'est l'histoire d'une femme qui va voir le pédiatre avec son bébé. Elle dit au médecin : « Je ne sais pas ce qu'il a. Il ne veut pas boire, pas manger, j'essaie mais rien ne fonctionne ». Le médecin ausculte le bébé : « Mais enfin, madame, votre bébé sent l'alcool ! Qu'est-ce que vous lui avez donné ? » « Ben, du vin blanc » « Mais enfin, madame, on ne donne pas du vin blanc à un bébé ! On lui donne du lait ! »
« Du lait ? » s'exclame la dame, « Avec des huîtres ? »*

Le péché mignon « honteux » de Bruno Solo, c'est l'humour de répétition :

Il y a une vanne que j'aime beaucoup faire et que je fais systématiquement, c'est là que ça devient lourd. Quand je rencontre quelqu'un pour la première fois et qu'il me donne son prénom, je lui dis : « Non, mais sérieusement ? C'est quoi ton prénom ? » et ce quel que soit son prénom (enfin, j'évite avec les prénoms trop moqués).

Ce que j'aime, c'est pas tant cette blague, que le moment où je vois dans l'œil de l'autre ce petit moment de doute ou d'incompréhension « Mais qu'est-ce qu'il a mon prénom ? »

Élodie Poux, pour sa part, se livre à une pratique systématique et compulsive :

C'est la blague-réflexe qui consiste à dire « titre » après la phrase de quelqu'un, pour la transformer en titre de film de fesses. C'est lourd et graveleux mais ça me fera toujours rire.*

Philippe Geluck avoue que

Répondre « dans ton cul » quand on me demande où sont les choses me met en joie, mais je n'en abuse pas.

Pour Claudia Tagbo, le rire est garanti avec :

Les blagues de caca. Simples, efficaces, imparables.

Ce qu'adore Manu Payet, c'est la blague lourde à force d'être faite et refaite

Dans mon équipe à la radio, l'un des gars fait cette vanne quand on dit un truc hors antenne. Par exemple, sur un disque qu'on a déjà entendu 1 000 fois où on dit « Rhooo, ça saoule »... à chaque fois il dit : « Attention, ton micro est ouvert ». Ça me fait beaucoup rire. C'est son timing qui est hyper drôle : il attend qu'on dise LE truc qui, s'il était entendu à l'antenne, te collerait hyper honte. La blague lourde que je fais très souvent pour faire rire mes camarades, c'est ce personnage de mec ultra blasé, qui commence toutes ses phrases en soufflant très fort.

*NDA : Par exemple, à quelqu'un qui galère à ranger quelque chose dans un espace restreint et se plaint que « La vache ! Ça rentrera jamais », vous pouvez répondre « Titre ! »

La panne

Il est des circonstances, parfois, où l'on se sent incapable de le faire. On n'a pas la tête à ça, on est impressionné, on n'est pas dans notre élément, notre partenaire ne nous inspire pas…

Rassurez-vous, vous n'êtes pas tout seul.

Élodie Poux

Pour ma part, je n'ose pas faire des blagues devant des gens d'un certain âge. On ne sait jamais où se situent leurs limites et on est souvent surpris. Donc je m'abstiens.
Je n'aime pas non plus faire l'humour avec les gens qui ramènent tout, inexorablement, en dessous de la ceinture.
Et mon « tue-l'humour » absolu, c'est quand les gens te demandent de faire une blague.

Philippe Geluck

Je m'abstiens de faire l'humour quand je me rends compte que cela pourrait faire du mal à autrui. Mettre mal à l'aise, ça ne me gêne pas trop, mais blesser je n'aime pas.
Dans les cas de tristesses infinies également, même si je suis sûr que le rire quand on est malade aide à guérir ou à se sentir mieux.
Je ne fais pas d'humour avec les gens qui, par convictions politiques ou religieuses, pensent que rire c'est mal, aimer c'est mal, la beauté c'est mal, les belles choses de la vie c'est mal. Je me dis que la cause est un peu perdue et qu'il vaut mieux contourner.

Claudia Tagbo

Je ne peux pas rire à des funérailles, par respect pour la famille et sa peine. Et surtout, parce que le mort ne pourra pas rigoler avec moi. Ce qui me coupe directement l'envie de rire et de faire de l'humour, ce sont les racistes et les misogynes. J'ai tellement pas envie de rire avec eux que dans la vraie vie, je pourrais les frapper. Sur scène, je pourrais trouver comment en rire, mais pas dans la vie.

Bertrand Usclat

Je mets toujours un peu de temps à faire une blague à un étranger. J'ai très peur de l'incompréhension culturelle. Je me souviens d'avoir fait, il y a longtemps, une blague pédophile à une Américaine et j'avoue que c'est un peu un trauma tellement elle l'a mal pris.
Donc dorénavant, avec des étrangers, je fais des blagues toutes simples, des blagues de gamins, pour être sûr d'être compris.
Sauf avec les Japonais, où je m'abstiens complètement.
Quand ils rient, c'est pas bon signe en général.
Mais j'avoue que quand ça ne me donne pas envie, je tente malgré tout. J'aime transgresser l'interdit. Je fais des blagues mais juridiquement inattaquables.

Manu Payet

Quand j'ai perdu mon père, j'étais anéanti, je ne pouvais pas rire. Mais sinon, dans quelque chose de plus quotidien, je dirais que les indéridables me coupent l'envie. J'essaie pourtant toujours de faire rire les gens (quand j'arrive quelque part, j'observe, je scanne, je sens qui rit à quoi) mais les premiers degrés, je n'y arrive pas.

Je suis bloqué aussi avec les gens « nunuches », ceux qui ne veulent vexer personne et prônent la bienveillance à tous crin. Ça m'énerve ce truc. On est dans une époque où il faut rabâcher toutes les 10 minutes que les chats sont mignons. Mais pourquoi ? Un chat EST mignon !

Un jour, à la radio, j'ai fait un truc sur les chiens. Et on m'a dit : « C'était super mais quand même un peu excluant pour les chats et leurs propriétaires, non ? »
Je ne sais jamais quoi faire avec ça.
Tu vas voir, un jour on va devoir dire « bienveillance » au lieu de « bonjour » ! Je ne me moque jamais, le rire méchant pour se moquer, ça ne me fait pas rire.
Mais la bienveillance à toutes les sauces non plus.

Bruno Solo

Il ne me vient même pas à l'esprit de tenter de faire rire quelqu'un qui me fait part d'une douleur immense.
Dans ces moments-là, je trouve que c'est indécent de rire ou de chercher à faire rire. Même pour désamorcer.
Après, quand la douleur est passée, oui, on peut tenter.

Il faut sentir le moment, la situation. L'humour a une odeur.
Il y a des gens avec qui tu sens que certains sujets ne peuvent pas être abordés, alors que pour toi ils sont plutôt légers donc tu pourrais facilement en rire. Il faut respecter ça. L'humour ça doit être généreux et respectueux.
J'avoue qu'en vieillissant, l'actu hyper grave me coupe l'envie de faire des blagues. J'ai de plus en plus de mal à mettre de l'ironie dans ce que je vois. Je ne sais plus comment attaquer le truc. Je ne crois pas que l'humour doit servir à « effacer » des problématiques aussi graves que l'écologie, la guerre en Ukraine, le racisme, la montée des extrêmes…
Dans ce cas, j'ai besoin de sentir la dimension politique de l'humour. Il faut avoir un grand respect pour l'outil « humour ».
Il y a des gens qui s'en servent pour faire passer des sales trucs.
Dans ce cas, sous prétexte d'humour, il n'y a plus de discussions possibles. C'est le fameux : « Oh ça va, c'est de l'humour ! »
Je déteste l'humour dictatorial.

Ce qui me coupe l'envie aussi, c'est quand je trouve l'autre nul, que je sens que je ne partage rien avec lui. Je ne ferais jamais de blagues avec quelqu'un que je n'aime pas, que je n'estime pas.

Je déteste aussi quand tout le monde fait les mêmes blagues. À un moment, tout le monde faisait des blagues sur Céline Dion, ça me gonflait. Je trouve que tout s'annule, plus aucune blague n'a de valeur.

Nicole Ferroni

Je ne fais pas l'humour quand je suis en colère ou stressée, dans des endroits qui me paraissent hostiles ou gênants. Je ne fais pas l'humour quand je sens que je vais blesser. Par exemple, quand il y a un drame et que de suite derrière, il y a des gens qui font des vannes, je me dis non c'est trop tôt, c'est indécent.

Parfois j'ai des vannes extrêmement politiquement incorrectes, mais je ne les fais pas, parce que je me dis que je vais blesser et ça ne me fait pas rire.

T'inquiète... Ça peut arriver à tout le monde.

Une panne, un raté, un flop. Seuls ceux qui n'osent pas ne connaissent pas l'échec. On vous l'a dit, l'humour, c'est une histoire d'amour. Il faut savoir faire preuve d'indulgence. Florilège des tentatives manquées pour lesquelles nos interviewés ont le plus de tendresse :

Manu Payet

J'ai beaucoup d'indulgence pour les gens qui sont dans une fragilité et qui essayent quand même.

Par exemple, avec ma fille. Quand elle nous fait rire, que ce soit volontaire ou non, elle est encore à l'âge où elle pense que si on rit, c'est parce qu'on se moque d'elle. J'essaie de lui apprendre qu'on rit parce qu'on est attendri, qu'il faut accueillir ça, d'autant que nous sommes ses parents et qu'on ne va pas se moquer d'elle.

Ceci dit, elle identifie très bien un problème actuel. De plus en plus, je trouve qu'on confond l'humour et la moquerie.

Nicole Ferroni

J'ai une tendresse toute particulière pour les gens qui rigolent avant d'avoir raconté leur blague.
Celle-ci, par exemple : c'est l'histoire des deux explorateurs qui partent au pôle Nord. Ils ont la casquette « pôle Nord », la doudoune « pôle Nord », ils sont sponsorisés pour aller au « pôle Nord » alors qu'ils s'approchent du but avec leur sac à dos « pôle Nord », il y a un panneau « Bienvenue au pôle Sud ».
L'un des deux dit à l'autre « Mais je t'avais bien dit qu'à porte de Clichy il fallait tourner à droite et pas à gauche ! ».

Quand ma mère la raconte, elle rit quasi entre chaque mot, et même si je n'aime pas particulièrement cette blague, je ris de bon cœur.

Claudia Tagbo

Je ris de bon cœur aux blagues des enfants.
Déjà pour les encourager, parce que c'est important d'apprendre à fabriquer des blagues. Et puis, c'est souvent mignon !

Philippe Geluck

Si c'est une tentative unique de blague ratée, je peux avoir de l'indulgence. Mais si la personne persiste (et j'en connais), je n'aime pas. J'ai envie de lui dire : « Ta première blague ne m'a pas fait rire, ni ta seconde, ni ta troisième… à la quinzième, j'ai envie de te dire : Au revoir ! »

Bertrand Usclat

Les imitations ratées, c'est comme les fausses notes, ça me fait rire. Parce que la personne a osé, elle s'est lancée. Et même s'il y a un malaise de fou, je salue cette personne qui s'est lancée sur un truc difficile.

Bruno Solo

Je suis ému par celui qui ne sait pas raconter sa blague. Qui oublie la chute.
Par exemple, un type raconte à son copain : « Tu connais la différence entre avant et après l'amour ? Avant l'amour tu as le sang qui bout et après tu as le bout qui sent. »
L'autre, hyper content, s'en va la raconter à quelqu'un : « Tu connais la différence entre avant et après l'amour ? Avant l'amour tu as le sang qui bout et après tu as… euh… tu as… la bite qui pue ! » Pour que je puisse quand même rire de bon coeur, il faut que la personne ne soit pas trop humiliée d'avoir raté sa blague.

On a tous un rieur idéal

L'humour, c'est une question de feeling, de connivence. Parfois, on rencontre un partenaire avec qui le courant passe tellement que ça fait des étincelles. C'est magique, c'est un moment de grâce. Il est là devant nous : notre rieur idéal.

Identifier son rieur idéal, c'est trouver sa muse, une source à laquelle vous pourrez nourrir votre envie de faire l'humour. Être à son contact permet de se reconnecter avec son moi rigolo. Il suffit d'ouvrir les vannes et de laisser couler le flot cristallin d'une rigolade douce et continue.

Bruno Solo

*J'adore faire rire mes enfants et ma femme.
J'aime aussi celui ou celle dont le rire jaillit, sans calcul, de manière spontanée. L'humour c'est une question de tempo et c'est tellement gratifiant quand ça marche.*

Bertrand Usclat

*J'en ai deux. Ils sont sur un spectre politique opposé.
J'adore quand je fais une blague et que les deux camps pensent que je m'adresse au camp adverse.*

*Et aussi, mon père. On n'est politiquement pas pareils.
Quand j'ai commencé à le faire rire avec mes vidéos, je me suis dit que ça pouvait fonctionner.*

Nicole Ferroni

*Quelqu'un comme toi Colombo**
Qui rigole de la bouche et des yeux. Qui a plusieurs types de rires, selon les circonstances, du plus retenu au plus sonore. Quelqu'un qui a le rire visuel et sonore.

Claudia Tagbo

*Ma sœur. J'adore la faire rire.
Si Lili a rigolé, ça va je suis heureuse.*

*Sandra C. jure qu'elle n'a pas soudoyé son amie Nicole pour qu'elle dise ça. Enfin... Sauf si lui faire porter 10 boîtes de ses petits gâteaux préférés (des petits sablés au matcha), c'est soudoyer.

Manu Payet

Mon rieur préféré, c'est quelqu'un qui se marre de manière très fréquente. Comme mon ami [et metteur en scène], Arnaud Lemort. En plus, il a un rire très particulier très communicatif, c'est très agréable.

En spectacle, certains captent direct des petits trucs. C'est comme un Bluetooth hyper affûté. Quand ça arrive, je me dis « je pourrais être pote avec ce gars » ou « je pourrais tomber amoureux de cette personne ». C'est fou comme on est connectés parfois.

Je repense à un soir, au Splendid. Je joue mon premier spectacle. Une maman, venue de Suisse pour voir sa fille étudiante à Paris, est dans la salle. À un moment, elle a eu un fou rire à la fois discret, chic, élégant... C'est sûrement comme ça que j'aurais aimé faire rire ma mère, j'imagine... En plus elle a ri au truc le plus con qui en général ne fait rire que moi. Je suis tombé direct sous son charme.

Si vous ne le faites pas pour les autres, faites-le pour vous-même

Parfois, il faut se faire un peu violence pour y aller. Un peu comme quand on s'est inscrit à la salle de sport, qu'on se dit « il faut que j'y aille ». Alors, à toutes fins utiles, on a demandé à nos camarades de vous rappeler en quoi faire l'humour fait du bien.

Élodie Poux

Je fais l'humour pour donner aux gens le même bonheur que ça m'apporte à moi. Je trouve que l'humour est libérateur, salvateur et c'est un excellent moyen de séduction.

Nicole Ferroni

Je le fais pour faire rigoler les autres.
Je le fais aussi pour moi, pour me faire rire moi-même. L'humour, c'est du bien-être en soi-même, ça nous fait du bien à l'intérieur, comme un petit massage.

Ça permet de réunir les gens, ce que ne font pas la colère ou la tristesse.
C'est un outil très utile. Grâce à l'humour, on peut défendre des idées, des gens, apporter du savoir.

Manu Payet

Pour moi, l'humour c'est du divertissement, ça fait du bien.
C'est aussi la liberté. Parce qu'on a le droit d'en faire. Et qu'en tant que rieur, on peut choisir de rire ou pas à ce qui nous est proposé.

Et puis il y a un côté jubilatoire, une jouissance commune.
Les deux participent, tant ceux qui rient que ceux qui font rire.

Bruno Solo

Pour moi, l'humour est curatif, thérapeutique. Il soigne l'âme.
C'est aussi un outil de communication essentiel : quand on trouve son âme sœur humoristique, on peut aller très très loin ensemble.
Pour moi, c'est mon épouse. Rire ensemble, c'est ne jamais céder face à la charge du quotidien.
L'humour est une arme de construction massive.

Claudia Tagbo

Je le fais surtout pour ma santé mentale ! Et pour ne pas taper les gens. Ça me rend sage, et c'est bien. Il vaut mieux rire que frapper !

Ça m'aide aussi à contrer mes peurs, à affronter des choses difficiles, comme le cancer du sein. Ça permet de dédramatiser, d'affronter les malheurs de la vie, de transformer le malheur en rire. Rire c'est obligé, pour ne pas pleurer.

L'humour demande d'observer. Il faut regarder et se regarder, être attentif à ce qui nous entoure.

Je rigole tout le temps, s'il n'y a pas d'humour, c'est la fin.

Philippe Geluck

Je le fais pour le plaisir. Très petit, j'ai découvert que je pouvais faire rire les autres. À l'adolescence, c'est devenu une arme de séduction. Malgré mon physique et le fait que je ne jouais pas de guitare, je faisais rire les filles et ça fonctionnait bien.

L'humour fonctionne bien sur les rapports humains en général pour faire connaissance ou détendre l'atmosphère, pas seulement en matière de séduction. Ma femme dit que je ne lâche jamais l'affaire. Par exemple, si je tombe sur un chauffeur de taxi grognon, je lui raconte des trucs jusqu'à ce que j'arrive à le faire rire. J'arrive même à faire ça dans des langues étrangères. J'ai réussi à faire rire des vendeurs de pastèques en Grèce et même des Chinois qui ne parlaient que chinois. Et des douaniers allemands… Ah non, pardon, ça je n'ai jamais réussi.

Je pense que le rire est une nécessité absolue et qu'on l'a en nous depuis la naissance. Un bébé rit pour exprimer son bonheur, bien avant de savoir parler.

Il faut faire de la pédagogie avec la génération qui arrive, pour expliquer que le second degré est primordial.

Le second degré c'est « pour rire ». Un papa qui joue avec son enfant à qui il dit « je suis le loup, je vais te manger », l'enfant est mort de rire, car il sait que c'est « pour de rire », que c'est du second degré. Eh bien le rire et l'humour fonctionnent comme ça.

Pour faire entrer l'humour dans sa vie, il faut déjà y être sensible pour soi. Ceux qui font rire sont en général ceux qui aiment rire.

C'est aussi une question de culture, il faut s'intéresser. Je n'ai pas de recette, ni de manière de faire. C'est à chaque fois une impro, une idée qui passe… Comme une petite lumière qui s'allume au-dessus de la tête.

Bertrand Usclat

Je fais l'humour probablement pour relativiser ce qui m'arrive. J'ai l'impression que tout ça s'est un peu imposé à moi, je ne me sentais pas spécialement drôle, et quand on m'a dit que je l'étais, j'ai juste pris le rôle qui m'était donné par la société…

J'ai un rapport au doute et à l'angoisse qui fait que j'ai beaucoup de mal à me considérer au premier degré. J'ai fait des études de politiques et je suis très impressionné par les gens qui peuvent affirmer des choses, je suis incapable de le faire.

Quand on affirme qu'on doute, les gens s'y retrouvent. Les vérités sont jamais infinies, et c'est la force de l'humour, c'est ce qui fait qu'on redevient humain. L'humour c'est la physique quantique de la vie.

Et puis c'est une manière élégante de montrer de l'intelligence. Ça rassemble, c'est une manière simple de se rapprocher de quelqu'un avec qui on n'est pas forcément d'accord. Ça m'a aussi soigné de l'hypersensibilité. Ça m'a appris à prendre de la distance.

11.

Les 10 commandements pour bien faire l'humour dès le premier soir

Les 10 commandements pour bien faire l'humour dès le premier soir

1. L'humour est amour, toujours tu t'en souviendras.

Aux sirènes de la moquerie point tu ne céderas. Seuls ceux que tu aimes tu charrieras.

2. Du pouvoir de ton rire conscient tu seras.

Par lui, ton assentiment tu donneras. À ce que tu approuves, tu riras. À ce que tu réprouves, coi tu resteras.

3. L'humour rassembleur tu pratiqueras.

La grande confrérie des humains tu uniras. Aux facilités de la stigmatisation, point tu ne t'adonneras.

4. De tes intentions tu t'assureras.

À la tyrannie point tu ne te livreras. Par tes blagues, c'est le plaisir que tu engendreras, et non ta soif de domination que tu étancheras.

5. La joie tu dissémineras.

Qu'il soit franc, fou, contagieux ou sous cape, de ton rire, ni avare ni honteux tu ne seras.

6. **En toutes circonstances à ton interlocuteur tu t'adapteras.**

Car de ta connivence avec ton auditoire le plaisir de tous dépendra.

7. **Si tu as vexé ou offensé autrui, point d'explication tu ne fourniras**, mais des excuses tu présenteras.

8. **Tes peurs, tes doutes et tes complexes au vestiaire tu laisseras.**

En tes intentions, confiance tu auras. Aussi longtemps que fournir de la joie tu souhaiteras, ton auditoire tu réjouiras.

9. **Une blague ratée jamais tu ne craindras.**

D'un bide aisément tu te remettras, car seul ton ego tu blesseras.

10. **En faisant l'humour, plus humain tu te montreras.**

Bibliographie

[1]Dominique Noguez, *La Véritable Origine des plus beaux aphorismes*, Payot, 2014.
[2]Marie-France Patti, *L'Humour. Un défi aux certitudes*, In Press, 2017.
[3]Laure Flandrin, *Le Rire*. Enquête sur la plus socialisée de toutes nos émotions, La Découverte, 2021.
[4]Pas mal de choses tirées de : https://www.liberation.fr/debats/2016/02/24/onpeut-rire-de-tout-mais-on-peut-aussi-arreter-de-citer-desproges-nimportecomment_1435056/
[5]Kheira Bettayeb, *« Le rire est-il le propre de l'homme »*, Science et vie, 30 avril 2022.
[6]https://theconversation.com/lhumour-un-serieux-atout-64460
[7]Bruce M. King, *« Average-Size Erect Penis: Fiction, Fact, and the Need for Counseling »*, Journal of Sex & Marital Therapy, vol. 47, n° 1, 2021.
[8]https://www.topsante.com/forme-bien-etre/bien-dans-sa-peau/etre-plus-heureux/il-faut-rire-au-moins-trois-fois-par-jour-conseil-du-medecin-12013
[9]fishphilosophy.com / manager-go.com
[10]David Autissier et Élodie Arnéguy, Éditions d'Organisation - Eyrolles, 2011.
[11]https://www.thedp.com/article/2017/02/wharton-study-suggests-using-humor
[12]jai-un-pote-dans-la.com/étude mondiale d'Oracle Fusion Cloud Customer Experience menée auprès de 12 000 personnes dans 14 pays dont la France.
[13]http://www.lepipotron.com et http://www.pipotron.free.fr
[14]https://lelephant-larevue.fr/dossiers/existe-t-il-une-blague-universelle/
[15]Victor Castanet, *Les Fossoyeurs : révélations sur le système qui maltraite nos aînés*, Fayard, 2022.
[16]Nicole Ferroni et Sandra Colombo, *Améliore ta vie pourrie*, Cherche Midi, 2017.
[17]https://www.formation-yogadurire.fr/yoga-du-rire/tout-savoir-en-5-minutes/

Sources documentaires

Tout ce que vous avez toujours cru savoir sur l'humour

Pierre Desproges, *Les Réquisitoires du Tribunal des flagrants délires*, édition intégrale, Le Seuil - France Inter, 2018.

Faites l'humour avec vos gosses

Christine Schuhl, *« Quand le rire apparaît-il ? »*
Métiers de la petite enfance, mars 2007, n° 127, p. 20.
Bruno Humbeeck et Maxime Berger, *L'Humour pour aider à grandir,* Mols, 2008.
Caroline Goldman, *« Les vertus du rire dans l'éducation »*, podcast, 2022.

Faites l'humour en couple

Sur sexe et tâches ménagères
https://www.femmeactuelle.fr/amour/news-amour/partage-taches-menageres-booste-sexualite-48673
La répartition des tâches ménagères
https://www.ipsos.com/fr-fr/les-francais-et-le-partage-des-taches-quand-la-revolution-menagere
Sur le nombre de minutes de rire/jour
https://www.topsante.com/forme-bien-etre/bien-dans-sa-peau/etre-plus-heureux/il-faut-rire-au-moins-trois-fois-par-jour-conseil-du-medecin-12013
Steven Légaré, *Les origines évolutionnistes du rire et de l'humour*, thèse d'anthropologie, université de Montréal, 2009.

Faites l'humour en travaillant

Henri Rubinstein, *Psychosomatique du rire*, Éditions Robert Laffont, Paris, 2003.
Mikhaël Vandeuren et Jean-Pierre Vandeuren, *Théorie générale sur le rire et l'humour*, Casual Intellectual Édition, 2016

Faites l'humour avec des vieux

Plus on vieillit, moins on rit
https://www.lefigaro.fr
flash-actu/2013/02/28/97001-20130228FILWWW00737-plus-on-vieillit-moins-on-rit.php
Râler, c'est bon pour la santé
https://www.leparisien.fr/culture-loisirs/raler-ca-fait-du-bien-25-03-2013-2668395.php

Faites l'humour quand c'est dur

Les clowns à l'hôpital : https://www.doctissimo.fr/sante/hopital/clown-hopital
Le rire carabin : https://hal.archives-ouvertes.fr/hal-03256614
« Le plaisir "malgré tout" » : https://www.cairn.info/revue-libres-cahiers-pour-la-

psychanalyse-2008-1-page-59.htm
L'association Le Rire médecin : https://www.leriremedecin.org/nous-connaitre/qui-sommes-nous.html
Le Rire médecin, dans La Maison des Maternelles : https://www.youtube.com/watch?v=t7rycM0-4HE
Mes héros, Sara Giraudeau : https://www.arte.tv/fr/videos/073049-030-A/square-artiste/
Yodo (You Only Die Once), un autre regard sur les soins palliatifs : https://www.youtube.com/channel/UCwgA_IFNxudYe-dmbEICr-A
« Peut-on rire du cancer ? » : https://www.youtube.com/watch?v=0LuV4uOoxzE
https://la-maison-du-cancer.com/magazine/la-salle-de-soins/gestion-des-motions/peut-on-faire-de-l-humour-avec-le-cancer
« Un handicapé est allé voir Intouchables » : https://www.youtube.com/watch?v=KLG79dGHDVI
« HandiCap HandiPasCap » : https://www.youtube.com/watch?v=OLmoY5SFiSw
Sketch Lilia Benchabane : https://www.youtube.com/watch?v=uKPCN6HY7Ik
« Vivre ou subir », TedX de Guillaume Bats
https://www.youtube.com/watch?v=mb7rgSi7-2Q
Vestiaires : https://www.youtube.com/watch?v=Km-AnLCGcgY

Faites l'humour avec les gosses des autres

Gentilhomme, 1988 ; Ulloth, 1998
https://journals.openedition.org/lidil/3317#tocto3n2
https://knowledgeone.ca/3-conseils-pour-integrer-lhumour-a-lenseignement/?lang=fr
http://www.maitresseuh.fr/rire-pour-mieux-apprendre-a127219198
https://apili.fr/lhumour-et-les-apprentissages/
https://cursus.edu/fr/8544/lhumour-vecteur-dapprentissage-et-de-socialisation
https://www.benoitsavard.com/uncategorized/humour-et-pedagogie-une-avenue-a-explorer/

Faites l'humour à poil(s)

Catherine Vincent, *« Les bêtes aussi ont le sens de l'humour »*, Le Monde, 21 août 2015.Marc Bekoff, Les Émotions des animaux, Rivages Poche, 2013.
Vinciane Despret, *Que diraient les animaux, si... on leur posait les bonnes questions ?*
Les Empêcheurs de penser en rond, 2012.
Claude Béata, *La Psychologie du chien*, Odile Jacob, 2008.

Remerciements

Marie Guibourt et Sandra Colombo remercient très chaleureusement Claudia Tagbo, Nicole Ferroni, Bruno Solo, Bertrand Usclat, Manu Payet, Philippe Geluck et Élodie Poux pour leur confiance, leur disponibilité et leur très touchante franchise.

Nous remercions nos éditrices, Hélène Boursin (qui, elle aussi, fait partie de la grande confrérie des noms de famille pourris), et Cyrielle Londero-Gobry pour leur réactivité, leur engagement, leur sourire et... leur bonne humeur !

Merci à Théo Martin, talentueux graphiste de l'extrême et indéfectible ami.

Merci à Jean-Baptiste Bourrat de nous avoir encouragées et soutenues alors que ce livre n'était qu'un projet.

Marie G. tient à remercier Laurent Jaussi pour son indéfectible soutien – tant pratique que psychologique –, sa patience, sa compréhension, son implication active, son amour et son humour (bien sûr !).

Merci à Marius Colucci, notre tout premier lecteur, pour ses précieux retours, sa franchise, sa réactivité et sa disponibilité.

Merci à ma mère, que j'aime tant faire rire, d'avoir toujours eu confiance en moi et de m'avoir toujours suivie.

Sandra C. remercie Christophe Canard qui n'a jamais râlé alors qu'elle l'abandonnait lâchement pour aller écrire dans une caravane, en Bourgogne.

Merci à Céline Rosa, à Sandra Szpak et à Florence Hoche d'avoir été nos lectrices test et de nous avoir fait des retours pertinents et encourageants.

Merci à Marie et Laurent pour l'accueil dithyrambique de la petite squatteuse que j'ai été toutes ces longues semaines d'écriture au « Martini Club ».

Un commentaire ? Une réaction ? Un témoignage ?
Rejoignez-nous sur notre compte instagram
@lepointgolri !